U0098818

滄海叢刊

比較文學叢書⑦

中美文學因緣

鄭樹森 編

1985

東大圖書公司印行

行政院新聞局登記證局版臺業字第〇一九七號

中華民國七十四年十月初版

© 中美文學因緣

基本定價肆元陸角柒分

編著者 鄭樹森
發行人 莊剛彰
出版者 東大圖書股份有限公司
總經銷 三民書局股份有限公司
印刷所 東大圖書股份有限公司
臺北市重慶南路一段六十一號二樓
郵撥：〇一〇七一七五一〇號

「比較文學叢書」總序

葉維廉

收集在這一個系列的專書反映着兩個主要的方向：其一，這些專書企圖在跨文化、跨國度的文學作品及理論之間，尋求共同的文學規律（common poetics）、共同的美學據點（common aesthetic grounds）的可能性。在這個努力中，我們不隨便信賴權威，尤其是西方文學理論的權威，而希望從不同文化、不同美學的系統裏，分辨出不同的美學據點和假定，從而找出其間的歧異和可能滙通的線路；亦卽是說，決不輕率地以甲文化的據點來定奪乙文化的據點及其所產生的觀、感形式、表達程序及評價標準。其二，這些專書中亦有對近年來最新的西方文學理論脈絡的介紹和討論，包括結構主義、現象哲學、符號學、讀者反應美學、詮釋學等，並試探它們應用到中國文學研究上的可行性及其可能引起的危機。

因爲我們這裏推出的主要是跨中西文化的比較文學，與歐美文化系統裏的跨國比較文學研究，是大相逕庭的。歐美文化的國家當然各具其獨特的民族性和地方色彩，當然在氣質上互有特出之處；但往深一層看，在很多根源的地方，是完全同出於一個文化體系的，即同出於希羅文化體系。這一點，是很顯明的，只要是專攻歐洲體系中任何一個重要國家的文學，都無法不讀一些希臘和羅馬的文學，因爲該國文學裏的觀點、結構、修辭、技巧、文類、題材都要經常溯源到古希臘文化中哲學美學的假定裏、或中世紀修辭學的一些架構，才可以明白透澈。這裏只需要舉出一本書，便可見歐洲文化系統的統一和持續性的深遠。羅拔特・寇提斯（Robert Curtius）的「歐洲文學與拉丁中世紀時代」一書裏，列舉了無數由古希臘和中世紀拉丁時代成形的宇宙觀、自然觀、題旨、修辭架構、表達策略、批評準據……如何持續不斷的分佈到英、法、德、意、西等歐洲作家。我們只要細心去看，很容易便可以把彌爾敦和哥德的某些表達方式、甚至用語，歸源到中世紀流行的修辭的策略。事實上，一個讀過西洋文學批評史的學生，必然會知道，如果我們沒有讀過柏拉圖、亞理士多德、霍萊斯（Horace）、朗吉那斯（Longinus），和文藝復興時代的意大利批評家，我們便無法了解菲力普・薛尼（Philip Sidney）的批評模子和題旨，和德萊登批評中的立場，和其他英國批評家對古典法則的延伸和調整。所以當艾略特（T.S. Eliot）提到「傳統」時，他要說「自荷馬以來……的歷史意識」。

這兩個平常的簡例，可以說明一個事實：即是，在歐洲文化系統裏（包括由英國及歐洲移殖到美洲的美國文學，拉丁美洲國家的文學）所進行的比較文學，比較易於尋出「共同的文學規律」和「共同的美學據點」。所以在西方的比較文學，尤其是較早的比較文學，在命名、定義上的爭論，不是他們所用的批評模子中美學假定合理不合理的問題，而是比較文學研究的對象及範圍的問題。在早期，法國德國的比較文學學者，都把比較文學研究的對象作爲一種文學史來看待。德人稱之爲 Vergleichende Literaturgeschichte 。法國的嘉瑞（Carré）並開章明義的說是文學史的一環，他心目中的研究不是藝術上的美學模式、風格……等的衍變史，而是甲國作家與乙國作家，譬如英國的拜崙和俄國的普希金接觸的事實。這個偏重進而探討某作家的發達史，包括研究某書的被翻譯、評介、其被登載的刋物、譯者、旅人的傳遞情況，當地被接受的情況，來決定影響的幅度（不一定能代表實質）和該作家的聲望（如 Fernand Baldensperger 的批評所代表的），是研究所謂文學的「對外貿易」。這樣的作法——把比較文學的研究對象定位在作品的興亡史——正如韋禮克（René Wellek）和維斯坦（Ulrich Weisstein）所指出的，是外在資料的彙集，沒有文學內在本質的了解，是屬於文學作品的社會學。另外一種目標，更加涇渭難分，即是把民俗學中口頭傳說題旨的追尋、題旨的遷移（即由一個國家或文化遷移到另一個國家或文化的情況，如指出印度的 Ramayana 是西遊記中的孫悟空的前身）視作比較文學。這種做法，往往也是挑出題旨而不加美學上的討論。但我們可以進一步問：印度的 Ramayana 在其文化系統裏、在其表達的構織方式中和轉化到中國文化系統裏、在中國特有的美學環境及需要裏有何重要藝術上的蛻變。這樣問則較接近比較文學研究的本質，而異於一般的民俗學。其次，口頭文學（包括初民儀式劇的表現方式）及書寫文學之間的互爲影響，亦常是比較文學研究的目標；但只指出影響而沒有對文學規律的發掘，仍然易於流爲表面的統計學。比較文學顧名思義，是討論兩國、三國、甚至四、五國間的文學，是所謂用國際的幅度去看文學，如此我們是不是應該把每國文學的獨特性消除，而追求一種完全共通的大統合呢？哥德的「世界文學」的構想常被視爲比較文學的代號。但事實上，如韋禮克所指出，哥德所說是指向未來的一個大理想，當所有的文化確然溶合爲一的時候，才是眞正「世界文學」的產生。但這理想的達成，是把獨特的消滅而只留共通的美感經驗呢？還是把各國獨特的質素同時並存，而成爲近代美國詩人羅拔特．鄧肯（Robrte Duncan）所推崇的「全體的研討會」？如果是前者，則比較文學喪失其發揮文學多樣性的目標，如此的「世界文學」意義不大。近數十年來，文學批評本身發生了新的轉向，就是把文學之作爲文學應該具有其獨特本質這一個課題放在研究對象的主位，俄國的形式主義、英美的新批評、現象哲學分派的殷格頓（Roman Ingarden），都從「構成文學之成爲文學的屬性是什麼？」這個問題入手，去追尋文學中獨有的經驗元形、構織過程、技巧等。這個轉向間接的影響了西方比較文學研究對象的調整，第一，認定前述對象未涉及美感經驗的核心，只敍述或統計外在現象，無法構成可以放諸四海而皆準的美感準據。第二，設法把作品的內在應合統一性視爲研究最終的目標。

我們可以看見，這裏對比較文學研究對象有偏重上的爭議，而沒有對他們所用的批評模子中的美學假定、價值假定懷疑。因爲事實上，在歐美系統中的比較文學裏，正如維斯坦所說的，是單一的文化體系，在思想、感情、意象上，都有意無意間支持着一個傳統。西方的比較文學家，過去幾乎沒有人用哲學的眼光去質問他們所用的理論作爲理論及批評據點的可行性，或質問其由此而來的所謂共通性共通到什麼程度。譬如「作品自主論」者（包括形式主義，新批評和殷格頓）所得出來的「內在應合的統一性」，確是可以成爲一切美感的準據嗎？「作品自主論」者因脫離了作品成形的歷史因素而專注於作品內在的「美學結構」，雖然對一篇作品裏肌理織合有細緻詭奇的發揮，也確曾豐富了統計式考據式的歷史批評，但它反歷史的結果往往導致美學根源應有認識的忽略而凝滯於表面意義的追索。所以一般近期的文學理論，都試圖綜合二者，卽在對作品內在美學結構闡述的同時，設法追溯其各層面的歷史衍化緣由與過程。

問題在：不管是舊式的統計考據的歷史方法、或是反歷史的「作品自主論」，或是調整過的美學兼歷史衍化的探討，在歐美文化系統的比較文學研究裏，其所應用的批評模子，其歷史意義、美學意義的衍化，其哲學的假定，大體上最後都要歸源到古代希臘柏拉圖和亞理士多德的「關閉性」的完整、統一的構思，亦卽是：把萬變萬化的經驗中所謂無關的事物摒除而只保留合乎先定或預定的邏輯關係的事物、將之串連、劃分而成的完整性和統一性。從這一個構思得來的藝術原則，是否眞的放在另一個文化系統——譬如東方文化系統裏——仍可以作準？

是爲了針對這一個問題使我寫下了「東西比較文學中模子的應用」一文。是爲了針對這一個問題使我和我的同道，在我們的研究裏，不隨意輕率信賴西方的理論權威。在我們尋求「共同的文學規律」和「共同的美學據點」的過程中，我們設法避免「壟斷的原則」（以甲文化的準則壟斷乙文化）。因爲我們知道，如此做必然會引起歪曲與誤導，無法使讀者（尤其是單語言單文化系統的讀者）同時看到兩個文化的互照互識。互照互對互比互識是要西方讀者了解到世界上有很多作品的成形，可以完全不從柏拉圖和亞理士多德的美學假定出發，而另有一套文學假定去支持它們；是要中國讀者了解到儒、道、佛的架構之外，還有與它們完全不同的觀物感物程式及價值的判斷。尤欲進者，希望他們因此更能把握住我們傳統理論中更深層的含義；即是，我們另闢的境域只是異於西方，而不是弱於西方。但，我必須加上一句：重新肯定東方並不表示我們應該拒西方於門外，如此做便是重蹈閉關自守的覆轍。所以我在「中西比較文學中模子的應用」特別呼籲：

> 要尋求「共相」，我們必須放棄死守一個「模子」的固執，我們必須要從兩個「模子」同時進行，而且必須尋根探固，必須從其本身的文化立場去看，然後加以比較和對比，始可得到兩者的面貌。

東西比較文學的研究，在適當的發展下，將更能發揮文化交流的眞義：開拓更大的視野、互相調整、互相包容。文化交流不是以一個既定的形態去征服另一個文化的形態，而是在互相尊重的態度下，對雙方本身的形態作尋根的了解。克羅德奧・歸岸（Claudio Guillén）教授給筆者的信中有一段話最能指出比較文學將來發展應有的心胸：

在某一層意義說來，東西比較文學研究是、或應該是這麼多年來「西方」的比較文學研究所準備達致的高潮，只有當兩大系統的詩歌互相認識、互相觀照，一般文學中理論的大爭端始可以全面處理。

在我們初步的探討中，着着可以印證這段話的眞實性。譬如文學運動、流派的研究（例：超現實主義，江西詩派……），譬如文學分期（例：文藝復興、浪漫主義時期、晚唐……），譬如文類（例：悲劇、史詩、山水詩……），譬如詩學史，譬如修辭學史（例：中世紀修辭學、六朝修辭學）。譬如比較批評史（例：古典主義、擬古典主義……），譬如比較風格論，譬如神話研究，譬如主題學，譬如翻譯理論，譬如影響研究，譬如文學社會學，譬如文學與其他的藝術的關係……無一可以用西方或中國既定模子、無需調整修改而直貫另一個文學的。這裏只舉出幾個簡例：如果我們用西方「悲劇」的定義去看中國戲劇，中國有沒有悲劇？如果我們覺得不易拼配，是原定義由於其特有文化演進出來特有的侷限呢？還是中國的宇宙觀念不容許有亞理士多德式的悲劇產生？我們應該把悲的觀念侷限在亞理士多德式的觀念嗎？中國戲劇受到普遍接受的時候，與祭神的關係早已脫節，這是不是與希臘式的悲劇無法相提並論的原因？我們應不應該擴大「悲劇」的定義，使其包含不同的時空觀念下經驗顫動的幅度？再舉一例，Epic 可以譯為「史詩」嗎？「史」以外還有什麼構成 epic 的元素？西方類型的 epic 中國有沒有？如果有類似的，但沒有發生在古代（正如中國的戲劇沒有成為古代主要的表現形式——起碼沒有留下書寫的記錄而被研討的情形一樣），對中國文學理論的發展與偏重有什麼影響？跟着我們還可以問：西方神話的含義，尤其是加插了心理學解釋的神話的「原始類型」，如「伊蒂普斯情意結」Oedipus Complex（殺父戀母情意結）、納茜斯 Narcissism（美少年自鑑成水仙的自戀狂）……在中國的文學裏有沒有主宰性的表現？這兩種隱藏在神話裏的經驗類型和西方「唯我、自我中心」的文化傾向有沒有特殊的關係？如果有，用在中國文學的研究裏有什麼困難？

顯而易見，這些問題只有在中西比較文學中才能尖銳地被提出來，使我們互照互省。在單一文化的批評系統裏，很不容易注意到其間歧異性的重要。又譬如所謂「分期」、「運動」，在歐美系統裏，是在一個大系統裏的變動，國與國間有連鎖的牽動，有不少相同的因素引起。所以在描述上，有人取其容易，以大略年代分期。一旦我們跨中西文化來討論，這往往不可能。中國有完全不同的文學變動，完全不同的分期。在西方的比較文學中，常有「浪漫時期文學」、「現代主義文學」，集中在譬如英法德西四國的文學，是正統的比較文學課題。在討論過程中，因為事實上是有相關相交的推動元素，所以很自然的也不懷疑年代之被用作分期的手段。如果我們假設出這樣一個題目：「中國文學中的浪漫主義」，我們便完全不能把「浪漫主義」看作「分期」，由於中國文學裏沒有這樣一個文化的運動（五四運動裏浪漫主義的問題另有其複雜性，見筆者的"Historical Totality and the Studies of Modern Chinese Literature," *Tamkang Review*, X, 1&2, Autumn & Winter, 1979, pp. 35–55），我們或者應該否定這個題目；但這個題目顯然另有要求，便是要尋求出「浪漫主義」的特質，包括構成這些特質的歷史因素。如此想法，「分期」的意義便有了不同的重心。事實上，在西方關於「分期」的比較文學研究裏，較成功的，都是着重特質的衡定。

由是，我們便必須在這些「模子」的導向以外，另外尋求新的起點。這裏我們不妨借亞伯拉姆斯(M. H. Abrams)所提出的有關一個作品形成所不可或缺的條件，即世界、作者、作品、讀者四項，略加增修，來列出文學理論架構形成的幾個領域，再從這幾個領域裏提出一些理論架構形成的導向或偏重。在我們列舉這些可能的架構之前，必須有所說明。第一，我們只借亞氏所提出的條件，我們還要加上我們所認識到的元素，但不打算依從亞氏所提出的四種理論；他所提出的四種理論：模擬論（Mimetic Theory），表現論（Expressive Theory），實用論（Pragmati Theory)和美感客體論（Objective Theory，因爲是指「作品自主論」，故譯爲「美感客體論」），是從西方批評系統演繹出來的，其含義與美感領域與中國可能具有的「模擬論」、「表現論」

「實用論」及至今未能明確決定有無的「美感客體論」，有相當歷史文化美學的差距。這方面的探討可見劉若愚先生的「中國文學理論」一書中拼配的嘗試及所呈現的困難。第二，因爲這只是一篇序言，我們在此提出的理論架構，只要說明中西比較文學探討的導向，故無意把東西種種文學理論的形成、含義、美感範疇作全面的討論（我另有長文分條縷述）。在此讓我們作扼要的說明。

經驗告訴我們，一篇作品產生的前後，有五個必需的據點：㈠作者。㈡作者觀、感的世界（物象、人、事件）。㈢作品。㈣承受作品的讀者。和㈤作者所需要用以運思表達、作品所需要以之成形體現、讀者所依賴來了解作品的語言領域（包括文化歷史因素）。在這五個必需的據點之間，有不同的導向和偏重所引起的理論，其大者可分爲六種。玆先以簡圖表出。

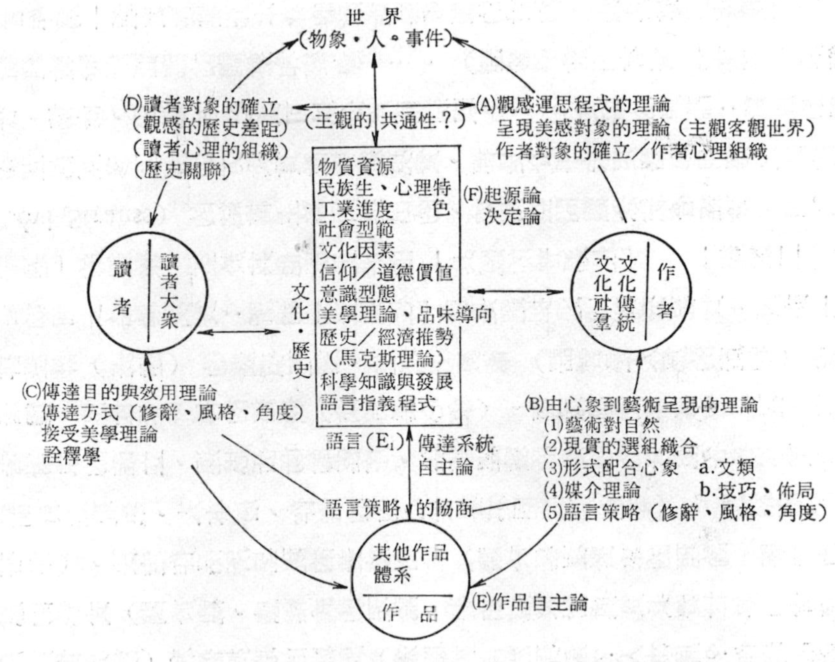
世　界
（物象・人・事件）
(D)讀者對象的確立
（觀感的歷史差距）
（讀者心理的組織）
（歷史關聯）
（主觀的 共通性？）
(A)觀感運思程式的理論
呈現美感對象的理論（主觀客觀世界）
作者對象的確立／作者心理組織
物質資源
民族生、心理特色
工業進度
社會型範
文化因素
信仰／道德價值
意識型態
美學理論、品味導向
歷史／經濟推勢
（馬克斯理論）
科學知識與發展
語言指義程式
(F)起源論
決定論
文化・歷史
讀者
讀者大衆
作者
文化傳統
文化社羣
(C)傳達目的與效用理論
傳達方式（修辭、風格、角度）
接受美學理論
詮釋學
(B)由心象到藝術呈現的理論
(1)藝術對自然
(2)現實的選組織合
(3)形式配合心象　a.文類
(4)媒介理論　b.技巧、佈局
(5)語言策略（修辭、風格、角度）
語言（E1）
傳達系統
自主論
語言策略 的協商
其他作品
體系
作品
(E)作品自主論

(A)作者通過文化、歷史、語言去觀察感應世界，他對世界（自然現象、人物、事件）的選擇和認知（所謂世界觀）和他採取的觀點（着眼於自然現象？人事層？作者的內心世界？）將決定他觀感運思的程式（關於觀、感程式的理論，譬如道家對眞實具體世界的肯定和柏拉圖對眞實具體世界的否定）、決定作品所呈現的美感對象（關於呈現對象的理論，譬如中西文學模擬論中的差距，譬如自然現象、人事層、作者的內心世界不同的偏重等）、及相應變化的語言策略（見(B)）。作者對象的確立、運思活動的程序、美感經驗的源起的考慮各各都產生不同的理論。

(B)作者觀、感世界所得的經驗（或稱爲心象），要通過文字將它呈現、表達出來，這裏牽涉到藝術安排設計（表達）的幾項理論，包括(1)藝術（語言是人爲的產物）能不能成爲自然的討論。(2)作者如何去結構現實：所謂「普遍性」卽是選擇過的部分現實；所謂「原始類型」的經驗卽是「減縮過」的經驗。至於其他所提供的「具體的普遍性」、「經驗二分對立現象」，如李維史陀（Lévi-Strauss）的結構主義所提出的、如用空間觀念統合經驗、用時間觀念串連現實、用卦象互指互飾互參互解的方式貫徹構織現實，都是介乎未用語與用語之間的理論。(3)形式如何與心象配合、協商、變通。這裏可以分爲兩類理論：(a)文類的理論：形成的歷史，所負載的特色、配合新經驗時所面臨的調整和變通……。（請參照前面有關「文類」的簡述。）(b)技巧理論。(4)語言作爲一種表達媒介本身的潛能與限制的討論，如跨媒體表現問題的理論。(5)語言策略的理論，包括語言的層次，語法的處理，對仗的應用，意象、比喩、象徵的安排，觀點、角度……等。有些理論集中在語言的策略如何配合原來的心象；但在實踐上，往往還會受制於讀者，所以有些理論會偏重於作者就「作品對讀者的效用」（見C）和「讀者的歷史差距和觀感差距」（見D）所作出的語言的調整。

ⓒ一篇作品的成品，可以從作者讀者兩方面去看。由作者方面考慮，是他作品對讀者的意向，卽作品的目的與效果論（「敎人」、「感人」、「悅人」、「滌人」、「正風」、「和政」、「載道」、「美化」……）。接着這些意向所推進的理論便是要達成目的與效用的傳達方式，卽說服或感染讀者應有的修辭、風格、角度的考慮。（這一部份卽與Ⓑ中語言策略的考慮相協調。）從讀者（包括批評家）方面考慮，是接受過程中作品傳達系統的認識與讀者美感反應的關係。譬如有人要找出人類共通的傳達模式（如以語言學爲基礎的結構主義所追尋的所謂「深層結構」，如語言作爲符號所形成的有線有面可尋的意指系統。）

由作者的意向考慮或由讀者接受的角度考慮都不能缺少的是「意義如何產生、意義如何確立」的詮釋學。詮釋學的理論近年更由「封閉式」的論點（主張有絕對客觀的意義層）轉而爲「開放式」的探討：一個作品有許多層意義，文字裏的，文字外的，由聲音演出的（語姿、語調、態度、情緒、意圖、意向），與讀者無聲的對話所引起的，讀者因時代不同、教育不同、興味不同而引發出來的……「意義」是變動不居，餘緒不絕的一個生長體，在傳達理論研究裏最具哲學的深奧性。

(D)讀者（包括觀眾）既然間接的牽制着作者的構思、選詞、語態，所以讀者對象的確立是很重要的，但作者只有一個往往都很難確立，讀者何止千萬，我們如何去範定作者意屬的讀者羣（假定有這樣一個可以辨定的讀者羣的話）？作者在虛實之間如何找出他語言應有的指標？反過來說，如果作者有一定的讀者對象作準（譬如「普羅」、「工農兵」、「婦解女性」、「教徒」……）其選擇語言的結果又如何？讀者對象在作者創作上的美學意義是什麼？他觀、感世界的視限（歷史差距）和作者的主觀意識間有着何種相應的變化？因爲這個差距，於是亦有人企圖發掘讀者心理的組織，試着將它看作與作者心理結構互通的據點，所謂「主觀共通性」的假設。這裏頭問題重重。這個領域在我國甚少作理論上的探討，而在外國亦缺乏充分的發展。顯而易見，這個領域的理論雖未充分發展，但俱發生在創作與閱讀兩個過程裏。事實上，從來沒有人能够實際的「自說自話」。

(E)一篇作品完成出版後，是一個存在。它可以不依賴作者而不斷的與讀者交往、交談；它不但能對現在的讀者，還可以跨時空的對將來的讀者傳達交談。所以有人認爲它一旦寫成，便自身具有一個完整的傳達系統，自成一個有一定律動自身具足的世界，可以脫離它源生的文化歷史環境而獨立存在。持這個觀點的理論家，正如我前面說過的，一反一般根植於文化歷史的批評，而專注於作品內在世界的組織。（俄國形式主義、新批評、殷格頓的現象主義批評。）接近這個想法，而把重點放在語言上的是結構主義，把語言視爲一獨立自主超脫時空的傳達系統，而把語言的歷史性和讀者的歷史性一同視爲次要的、甚至無關重要的東西。這是作品或語言自主論最大的危機。

(F)由以上五種導向可能產生的理論，不管是在觀、感程式、表達程式、傳達與接受系統的研究，作者和讀者對象的把握，甚至連「作品自主論」，無一可以離開它們文化歷史環境的基源。所謂文化歷史環境，指的是最廣的社會文化，包括「物質資源」、「民族或個人生理、心理的特色」、「工業技術的發展」、「社會的型範」、「文化的因素」、「宗教信仰」、「道德價值」、「意識型態」、「美學理論與品味的導向」、「歷史推勢（包括經濟推勢）」、「科學知識與發展」、「語言的指義程式的衍化」……等。作者觀、感世界和表達他既得心象所採取的方式，是決定於這些條件下構成的「美學文化傳統與社羣」；一個作品的形成及傳達的潛能，是決定於這些條件下產生的「作品體系」所提供的角度與挑戰；一個作品被接受的程度，是決定於這些條件所造成的「讀者大眾」。

但導向文化歷史的理論，很容易把討論完全走出作品之外，背棄作品之爲作品的美學屬性，而集中在社會文化現象的縷述。尤有進者，因爲只着眼在社會文化素材作爲批評的對象，往往會爲一種意識服役而走上實用論，走上機械論。如庸俗的馬列主義所提出的社會主義現實主義。但考慮到歷史整體性的理論家，則會在社會文化素材中企圖找出「宇宙秩序」（道之文——天象、地形）、「社會秩序」（人文——社會組織、人際關係）及「美學秩序」（美文——文學肌理的構織）三面同體互通共照，彷彿三種不同的意符（自然現象事物、社會現象事物、語言符號）同享一個脈絡。關於這一個理想的批評領域仍待發展。一般導向文化歷史的理論的例子有(a)作者私生活的發掘，包括心理傳記的研寫；(b)作者本職的研究，包括出版與流傳的考證；(c)社會形象的分析；(d)某些社會態度、道德規範的探索，包括精神分析影響下的行爲型範（如把虐待狂和被虐待狂視作一切行爲活動的指標）；(e)大眾「品味」流變的歷史；(f)文學運動與政治或意識形態的關係；(g)經濟結構帶動意識形態的成長；比較注重「藝術性」，但仍未達致上述理想的批評領域的有(h)文類與經濟變遷的關係；(i)音律、形式與歷史的需求；或(j)既成文類和因襲形式本身內在衍化的歷史與社會動力的關係。一般說來歷史與美學、意識型態與形式的溶合還未得到適切的發展。

我們在中西比較文學的研究中，要尋求共同的文學規律、共同的美學據點，首要的，就是就每一個批評導向裏的理論，找出他們各個在東方西方兩個文化美學傳統裏生成演化的「同」與「異」，在它們互照互對互比互識的過程中，找出一些發自共同美學據點的問題，然後才用其相同或近似的表現程序來印證跨文化美學滙通的可能。但正如我前面說的，我們不要只找同而消除異（所謂得淡如水的「普通」而消滅濃如蜜的「特殊」），我們還要藉異而識同，藉無而得有。在我們計畫的比較文學叢書中，我們不敢說已經把上面簡列的理論完全弄得通透，同異全識，歷史與美學全然滙通；但這確然是我們的理想與胸懷。這裏的文章只能說是朝着這個理想與胸懷所踏出的第一步。在第二系列的書裏，我們將再試探上列批評架構裏其他的層面，也許那時，更多「同異全識」的先進不嫌而拔刀相助，由互照推進到互識，那，我們的第一步便沒有虛踏了。

一九八二年十月於聖地雅谷

附錄：比較文學叢書第一批目錄

一、葉維廉：比較詩學
二、張漢良：比較文學理論與實踐
三、周英雄：結構主義與中國文學
四、鄭樹森：中美文學因緣（編）
五、侯健：中國小說比較研究
六、王建元：雄渾觀念：東西美學立場的比較
七、古添洪：記號詩學
八、周英雄：樂府新探
九、鄭樹森：現象學與文學批評（編）
十、張漢良：讀者反應理論
十一、陳鵬翔：主題學研究論文集（編）。

中美文學因緣　目次

葉維廉：「比較文學叢書」總序……一
鄭樹森：前言……一
王建元：從超越論到人文主義—論中國對愛默生的影響……五
凱　第：梭羅「華爾騰」裏的儒家經典……四一
鄭樹森：俳句、中國詩，與龐德……五九
葉維廉：靜止的中國花瓶—艾略特與中國詩的意象……九一
傅瀾思：尤金・奧尼爾與中國……一一一
鍾　玲：體驗和創作—評王紅公英譯的杜甫詩……一二一
奚　密：寒山譯詩與「敲打集」—一個文學典型的形成……一六五

華力克：道家思想與法西斯主義的接觸—狄克
「在高堡中的人」之研究……一九五
鄭樹森：中美文學關係中文資料目錄……二三九

前　言

鄭樹森

中國對美國作家的刺激，最初是在思想方面。愛默生和梭羅對儒家思想都曾有不同程度的反應。雖然道家思想在愛默生和梭羅的時候，早有拉丁文、法文和英文的譯介，但這兩位名家似乎都沒有接觸。和他們同一個時代的詩人惠特曼，據晚近一些學者的看法，某些觀念與老莊頗有神合之處。但就現有的外證來看，只能作類同性的比較，而無法建立實際的連繫。小說懸宕震慄的艾德格・愛倫・坡雖曾接觸中國古典小說「玉嬌梨」，但這部作品和他的想像世界，顯然是枘鑿方圓。

第一次世界大戰前崛起美國詩壇的「意象派」，對中國古典詩相當推崇。其中又以龐德最爲着迷。他不但在早年大力譯介中國詩，晚年更成爲儒家信徒，重譯「論語」、「大學」、「中庸」，更以「通鑑綱目」和「書經」等入詩，構成其史詩「詩章」的重要部份。龐德之外，另一位「意象派」詩人愛眉・洛烏爾對中國和日本的古典詩都極感興趣，還和通曉中文的女友合譯一本中國古典詩選「松花箋」。但就作品的內證而言，日本俳句對洛烏爾有直接的影響，中國古典詩的痕迹反而不顯著。

龐德的好友艾略特非常欣賞他英譯的中國詩，也唸過英國漢學家韋理的一些翻譯，但在不少信件及文獻尚未能公諸於世的情況下，艾略特與中國詩的關係，僅能就作品的內在類同性來探測。龐德的另一位老友威廉・卡洛斯・威廉斯在晚年曾經發表一輯與友人合譯的中國古典詩。雖然威廉斯在美國現代詩史上的地位崇高，但遺憾的是，到目前為止，還沒有通曉中文的比較文學工作者深入探討他這方面的興趣。

戲劇方面，尤金・奧尼爾雖曾到過中國，但他關心的是道家思想，而不是中國的傳統戲曲。奧尼爾一些劇作的題材雖與中國有關，但都不是他的重要作品。儘管如此，由於奧尼爾是二十世紀戲劇大師之一，早年作品對曹禺和洪深又有直接的影響，他與中國的文學關係還是很值得探討的。以「小城故事」等劇知名的桑頓・懷爾德，曾在上海和香港渡過他的童年。他對中國傳統戲劇印象特深的似乎是舞臺的象徵性。「小城故事」在這方面的突破，可以追溯到他早年的接觸。中國傳統戲曲的象徵性，在梅蘭芳一九三〇年頗為轟動的訪美演出後，雖曾廣受注意，但對美國劇壇主流並沒有什麼影響。倒是三十年代初期美國工人劇運所倡導的「活動報紙劇場」（The Living Newspaper；改編時事新聞的諷刺批評短劇），基於省略佈景道具的經濟理由及時空轉換的利便，曾向梅蘭芳演出的平劇借鑒。

第二次世界大戰後，由於對新工業社會壓迫感及傳統觀念桎梏的不滿，在五十年代的美國文學界，興起所謂「敲打的一代」（亦譯「垮掉的一代」），尋求個人心靈的解脫，反抗組織化和制度化，排斥商業消費社會的激烈競爭；來自東方的出世思想及代表人物，例如禪宗、老莊、詩僧寒山，一時大行其道。小說家傑克·凱魯亞克就將小說「法丐」題獻寒山。詩人史耐德則學習中日文，到柏克萊加州大學隨陳世驤讀唐詩，並英譯寒山詩集。三藩市文藝復興的重鎮王紅公也自學中文和翻譯中國古典詩。六十年代崛起的羅拔·布萊、菲力普·魏倫、保羅·布列克本、詹姆士·萊特等，都特別喜歡唐詩（尤其是李白、杜甫、白居易），除作品裏溶入「中國意象」，有時還刻意經營所謂「中國情調」（例如詩題標明寫作的時間、地點、情況及原因）。詩壇之外，老莊對嚴肅的科幻小說家（如狄克和烏蘇拉·勒古因）也頗有吸引力；更隨着他們作品的風行而廣爲流傳。

概括而言，中國古典文學及思想對美國文學的影響，主要是在二十世紀的美國詩。戲劇方面非常有限。小說則幾乎談不上。當然，美國「通俗文學」裏有陳查禮和符滿州等充滿偏見的系列作品。但探討這些形象，屬於另一範疇，即比較文學的「幻景」（mirage）研究（泛指文學裏對另一文化及國家某些盲目定型的形象及看法，通常不符事實，宛如海市蜃樓，但反映某種偏執）

這本集子的論文僅限於中國對美國文學的影響；美國對二十世紀中國文學多方面的影響，由於篇幅的限制而未能涉及，希望將來能够另編一部這方面的文集。在本書的編輯過程中，多承集中各位作者及譯者大力支持，特此致謝。三民書局的負責人劉振強先生願意出版如此冷門的學術著作，尤爲感激。

從超越論到人文主義

——論中國對愛默生的影響

王建元

美國早在開國之初便對中國發生興趣，獨立當年旋卽派遣快船「中國皇后號」東來貿易；一八四四年復與清廷簽訂一項「和平、友好、通商」條約，絲茶而外，更從中國取得鉅款以助其國內發展[1]。以上僅就經濟層次而言。至於精神和道德方面，部份思想較敏銳、見聞較廣博、且較不講求實利的美國人，自然轉而注意中國的文學和哲學。新英格蘭的超越論者（Transcendentalists）卽屬於這一類。姑且不論他們對中國文學與哲學的接觸與瞭解如何零星片段，中國對美國文學的影響確實是從這裏開端，尤其是美國超越論的首倡者愛默生（Ralph Waldo Emerson）。他首

[1] 參閱Warren I. Cohen, *America's Response to China* (New York, 1971), pp. 1-2; John K. Fairbank, *Chinese American Interactions* (New Brunswick, 1975), pp. 13-17。

開風氣，向東方文化找尋性情上的共通處，中國哲學也是對象之一❷。愛默生掌握中國古老智慧的某些基本陳意，影響所及，後世美國詩人如洛烏爾（Amy Lowell）、龐德（Ezra Pound），當代詩人如王紅公（Kenneth Rexroth）、史耐德（Gary Snyder），乃至於科幻小說作家如樂貫（Ursula LeGuin）——他們對中國思想的瞭解範圍更廣程度更深，而融入作品中也更見成果。

東方文化對美國超越論之影響，其範圍大抵皆已被人劃定並詳細研究。然而，學者在這方面的努力卻多將重點置於印度哲學與波斯詩。哈理斯（W. T. Harris）曾於一八八四年發表講詞一篇，論及「愛默生的東方色彩」，其中便只稍微提及中國的倫理思想。同一題目最早出現的兩本專書則對儒家思想有較深入的討論，作者分別是卡本特（Frederic Ives Carpenter, 1930）與克利斯第（Arthur Christy, 1963）。然而，克利斯第在探源索本方面的工夫雖已相當徹底，焦點卻仍擺在印度哲學與波斯詩❸。學者之所以忽略中國文化對新英格蘭超越論者的影響，其道理十

---

❷ 卡本特（Frederic Ives Carpenter）指出愛默生、梭羅、惠特曼等人「開創一股傾向東方文化的思想發展趨勢，此一運動在美國文學迅速擴張」。參閱卡本特所著 *Emerson and Asia* (New York, 1930), pp. 250-251.。

❸ 哈理斯之講詞收在 *The Genius and Character of Emerson*, ed. F.B. Sanborn (1855; rpt. New York, 1971), pp. 371-385. Carpenter, *Emerson and Asia*; Arthur Christy, *The Orient in American Transcendentalism* (New York, 1932)。T. R. Rajasekharaiah 曾詳盡探討東方對惠特曼的影響，見其所著 *The Roots of Whitman's Grass* (Rutherford, 1970)；日人安藤莊永所著之 *Zen and American Transcendentalism* (Toyko, 1970) 只針對禪宗與超越論做平行研究，並未顧及影響的問題。專門討論中國對美國超越論影響的研究，大概只有哥倫比亞大學 Robert E. Bundy 於一九二六年所提之碩士論文："Some Traces of the Influence of the Four Books of the Chinese Classics on the Writings of R. W. Emerson"。

分明白。印度思想中的「大梵天」（Brahman）代表絕對和諧，既是化育宇宙萬物的起源，也是萬物的最終歸宿；此點頗合於超越論者的基本主張——「超靈」（Oversoul；意卽賦宇宙以生命並爲人類靈魂之根源者）。而波斯詩人哈非茲（Hafiz）與薩阿第（Saadi），其詩作意境圓融，充分表現喜悅和理智的解放；此點又合於超越論者的文學見解。因此，學者往往將此二者視爲影響美國超越論的亞洲文化主流。反觀最早傳入美國的中國思想流派，亦卽儒家學說，則乍看之下，多少與超越論者的信仰格格不入。超越論者講求直觀，堅持個人主義以及觀念論，儒家思想給他們的最初印象便是過於刻板、呆滯，而且過於偏重實際。

然而，正如本文所要證明，儒家思想對美國超越論之貢獻卽使再如何微末，也遠大於一般學者所承認的程度。文學影響的研究者往往必須面對並解決許多複雜的問題；相形之下，探討中國對愛默生的影響就比較單純。因爲愛默生所受儒家影響主要是以觀念的形式存在於演講和日記之中❹，所以本文無需採用哈山（Ihab H. Hassan）的方法去處理「兩個作家以及彼此作品之間的複雜關係」❺。再者，由於「四書」的年代久遠，而更可信的記載又告闕如，故仍將其視爲後世儒家學者對聖賢言行的「記錄」。準此而論，則影響愛默生之儒家經典實卽孔孟本身的言行，

❹ 由於愛默生的詩作對中國典籍並無借用或關聯，因此不予以討論。愛默生的詩作有許多印度的成份，若針對此點做影響研究，其複雜程度必與哈山所指出的問題相同。

❺ "Problem of Influence in Literary History," *The Journal of Aesthetics and Art Criticism*, 14 (1955), p.69.。

而愛默生本人的思想與人格又大抵反映在其散文作品之中。但是，若先將愛默生受儒家影響的領域限於實用道德規範，從而對因果關係採取決定論的觀點，再羅列一些看似對應實則關係並不重大的章節或觀念——如此作法絕不足以指出某些章節確曾闖入愛氏心靈並在其作品中構成「能辨別且重要的根源部份」❻。本文擬採的作法是先在愛氏作品中找出一項論據，亦即「經驗」（"Experience," 1844）一文引用孟子論氣的一段對話；然後，考量這段對話在「經驗」一文中是否佔據關鍵地位，是否能供愛默生作參考，以解決他在理論與實踐之間進退兩難的僵局，最後，如芭拉芹（Anna Balakian）所建議，再探究「作家擺脫影響並尋得獨創力的轉捩點」❼。檢視愛默生後期作品，我們將會發現，從他年輕時代提倡的超越論到他後期發展的人文主義，兩者之間的重大轉變正是由「經驗」文中所引孟子的養氣說構成。透過以上各步驟，我們不但能洞察愛默生後來「如何」、「為何」會對中國哲學以及他身旁的實務發生興趣，同時更能證明，愛默生與儒家思想之間的對應與呼應關係並不僅限於實用道德規範。

我們知道，愛默生有一段時期經常遭到指責。非但諾頓（Andrews Norton）等唯一神格派教徒常就神學問題批評愛默生，朋友乃至於同道如卡萊爾（Thomas Carlyle）、芮普禮（George

---

❻ Claudio Guillén, "The Aesthetics of Literary Influence," *Literature as System* (Princeton, N.J., 1971), p. 29 and p. 49.。

❼ "Influence and Literary Fortune: The Equivocal Junction of Two Methods," *Yearbook of Comparative and General Literature*, 11(1962), p. 29.。

Ripley）、歐克特（Bronson Alcott）等人更常批評他過於忽略現實❽。然而，「愛默生傳」的作者拉斯克指出：一八四四年以後，愛默生便「逐漸不像以往那麼不食人間煙火」，而且居然在「遠較西方哲學更講求實際的中國哲學裏找到樂趣」❾。又根據其姑媽瑪莉從國外接獲的報導，愛默生一八四七年再度訪歐之旅使他擺脫「超驗哲學的種種玄想」轉而周旋於「現實生活中的憂傷與煩慮」❿。翌年，愛默生自歐返美，錢寧（William Henry Channing）便發現他已「變得較不空想、較不抽象，同時對人事也較關心」⓫。此一轉變往後愈來愈明顯，難怪拉斯克會在傳記中將愛默生的這段時期總為一章，並以「走出象牙塔」作標題。

若說愛默生之所以走出象牙塔係因改奉儒家倫理思想，如此推論自屬謬誤。比較合理的說法是：愛默生一旦逐漸揚棄超越論的極端唯心色彩，則他對儒家經典之注重現世便不會再像從前那

---

❽ 愛默生的問題也就是勞焦義所謂的「柏拉圖式分裂」，亦即無法兼顧理念界的「他世」和經驗界的「現世」。麥錫生將這個問題歸於愛默生的「雙重意識」，亦即「理解與靈魂的兩個生命」。佘曼・保羅則以「垂直」與「水平」兩字來形容愛默生試圖與現世、經驗事物調和的方法。參閱 Arthur O. Lovejoy, *The Great Chain of Being* (Cambridge, Mass., 1936), p. 24; F.O. Matthiessen, *American Renaissance* (New York, 1941), pp. 3-4; Sherman Paul, *Emerson's Angle of Vision* (Cambridge, Mass., 1952), pp. 5-26.。

❾ Ralph L. Rusk, *The Life of Ralph Waldo Emerson* (New York 1949,), p. 299. 下稱「愛默生傳」。

❿ 引於「愛默生傳」，頁三五八。

⓫ 引於「愛默生傳」，頁三六〇。

般排斥，因而也更易受其感染。事實上，愛默生在「經驗」文中所關懷的問題，還有當時整個社會、神學、哲學背景，這些都與文中引用孟子的對話息息相關。愛默生借用中國資料而能有效融入作品並使其發揮作用者，首推孟子公孫丑上篇，稱之爲「重大的影響」並無不當之處。「經驗」一文收在愛默生的「論文集：第二卷」（一八四四年），茲將出現引文的部份譯出，以便討論：

前此，我曾將生命講成心境的變遷；現在，我得補充說明：我們內在自有其不變者，超乎種種情感與心境之上。每個人的意識就像一支滑尺，時而將人認同於第一因，時而將人認同於肉體之身；層層而上，等級無窮。任何作爲的高下品次均取決於引發該項作爲的心境；始終存在的問題並非你所爲與不爲者何，而是你所爲與不爲到底奉誰之命。

命運之神、智慧女神、繆斯、聖靈——這些古怪的代稱都失諸過狹，不足以涵蓋此一無限的本質。面對此一難以形狀的因，思慮不清者必得卑躬屈膝——此一無以爲名的因，個個天縱良才都曾用種種象徵試圖予以描繪：台利斯（Thales）用水，安納塞米尼斯（Anaximenes）用風，安納薩哥拉斯（Anaxagoras）用理智，左羅阿斯特（Zoroaster）用火，耶穌與近代人則用愛；這些隱喻都各自成就一民族之宗教信仰。中國孟子所提的概論也有相當的成就。他說：「我徹底瞭解語言，而且善於培養我浩大流行的力。」他的同伴問道：「請問何謂浩大流行的力？」「這種力至高無上，至爲剛勁。若能妥善培養而不加以戕害，這種力便可充塞天地之間。這種力同於並扶助理智與正義，而且不留下匱乏。」

> ——按我們較正確的說法，我們把孟子的「力」稱為「存在」，並就此承認我們已到達我們所能企及的盡頭。幸而由於宇宙的喜悅，這個盡頭並非一堵牆，而是無限的汪洋。我們的生命在於未來者多於現在；並非為着種種勞心勞形的事務，而是作為此一浩大流行之力的暗示⑫。

在此，愛默生係根據高利（Collie）之英譯本而將「浩大之氣」解釋為「浩大流行之力」（vast-flowing vigor）。「浩然之氣」乃孟子的中心學說，經常被後世儒家學者援引。現代儒家學者與譯者對「氣」這個字，多因儒家對人本身的極度關懷，而寧採較具人文色彩的詮釋。不過，「氣」之一字自有其本體論與形上學的根源，不可全然不顧。原先神話中的「氣」乃清者上升為天，濁者下降為地；此一區別如今已變為人內在的兩種氣——較粗者留在軀體，較精者留駐於心而為天命的間接顯現。準此，則高利的譯文大體上仍屬正確⑬。

顯然，愛默生透過直觀來掌握孟子這段話的精神，並藉以打破他個人所面臨的僵局。他在「經驗」一文中寫道：「我已非十四年或甚七年前的生手」（全集：卷三，頁八三），他想在超越論

---

⑫ *The Complete Works of Ralph Waldo Emerson*, 12 vols. (Boston, 1903–1940) 見卷三，頁七二——七三。「自然」、「超越論者」、「人——改革者」三文已收於哈佛大學所出版之定本，除此之外，凡引用愛默生之作品均簡稱「全集」。

⑬ James Legge, *The Chinese Classics* (rpt. Hong Kong, 1960) II, 189–190. Arthur Christy, p. 32. Wing-tsit Chan, *A Source Book in Chinese Philosophy* (Princeton, N. J., 1975), pp. 70 and 784.。

的理論以及親身實際的體驗之間作個大力的調和。而且，他想這樣做也不無原因。愛默生的長子於一八四二年夭折；百思不解又無法尋得慰藉之餘，他「對這個事實只領悟其悲苦」⑭。根據艾德華・愛默生在全集的編按中指出：一八四〇——一八四四年間，生命對愛默生而言已「成爲實驗，而且處在精神與社會均動盪不安的當時也已提出多重實驗方式」（全集：卷三，頁三〇二）。在這段期間內，愛默生曾先後參加芮普禮的「布魯克農場」以及歐克特的「果地公社」。此外，傅樂（Margaret Fuller）將「日晷」季刊（*The Dial*）的編務與債務交予愛默生，其負擔之沉重絕不下於其他方面的挑戰，例如「勞力」、「農場」、「改革」、「家庭生活」等等社會問題⑮。上述種種愛默生分別冠以抽象的代稱，例如「幻覺」、「心境」、「更替」、「浮淺」、「驚異」、「主觀」等等，也就是「經驗」一文中所謂「生命之主宰」。愛默生拿他早期的超驗理論來加以驗證，結果發現這些並不盡吻合，因而促成新的懷疑。他之所以寫這篇論文的用意，就是要找出一個「肯定的原則」（全集：卷三，頁四五），以挽救他舊有的信念，也就是企圖「從懷疑之中造出一個信條」（全集：卷三，頁七五）。愛默生所欲追尋者，就是一個「中間世界」，使自己能接受甚至增加平常的經驗而無需摒棄原有的觀念論。

---

⑭ *The Journals and Miscellaneous Notebooks of Ralph Waldo Emerson*, ed. William H. Gilman and Alfred R. Ferguson. 以下簡稱爲「日記與札記」。

⑮ *The Letters of Ralph Waldo Emerson*, ed. Ralph L. Rusk, 6 vols. (New York, 1939)。卷二，頁三三二。

孟子這段話更堅定了愛默生企求「接受相反傾向之紛爭與喧擾」（全集：卷三，頁六二）的願望，同時也爲其提供一項中心原則。但若欲確定兩者心靈的共通處，若欲確定這段話如何切合愛默生當時的情況，我們必得先大略就他的超驗理論來探討這些「相反傾向」。以「自然」（"Nature"）一文而言，愛默生在一八三六年係透過先驗的感官知覺來調和「我」與「非我」。他最著名最超拔的經驗，就是在人、自然、上帝交融之際變形而成爲「透明眼」（transparent eyeball）。此一經驗之獲得卽是借重極度的美感靜觀——在這個靜觀過程中，感官印象與思辨的心靈維持完美的平衡。然而，此一「密契的」狂喜卻引發兩個問題。首先，人與自然之間如此難得的完滿結合，雖有頓悟的直接與強烈，卻相當短暫易逝。其次，此一經驗亦有一內在矛盾潛存於人類想像力的至尊地位以及現象界自我消滅的流動之間。而通篇「自然」在論完「透明眼」之後，便無可避免地顯示出「我」的「理智」與「信念」重於「非我」。

當時，愛默生涉世較深，那麼他爲求得超越的靈視，理應借重其他適用，並且能被知識論與形上學推論所包容的方法。但他所用的是「補償」（Compensation）和「個體與整體」（Each and All）等的理論，兩者均隸屬於廣泛的「對稱」（Correspondence）機械論。大體而言，所謂「對稱」卽指「每一自然事實均是某一精神事實的象徵。自然界之每一表象均與某一心靈狀態對稱，而且該心靈狀態之描繪又只能假借該自然表象之描繪」⑯。但是，「補償」理論所導致「整

⑯ "Nature," in *The Collected Works of Ralph Waldo Emerson* (Cambridge, Mass., 1971), p.18。

體卽在於每一局部」的觀念，充其量也是模稜兩可。一方面，愛默生在一八三六年設想「個體中之整體」：「每片樹葉均是自然界之混成，而自然界則是一片巨大的樹葉。每一動物均是世界之混成，而世界則是每一動物之擴充」（日記與札記：卷七，頁一三六）。但另一方面，他卻又在一八三八年十月所寫的一則日記中正告我們不可端詳局部而「不顧其整體關連逕將某一局部放大，使其成爲一整體」；又說：「愚者認爲聖神之智顯見於某一事實或某一生物；智者則瞭解，每一事實均有同樣的內含」（日記與札記：卷七，頁一〇五——一〇六）。準此，則事實本身既屬片段，若加以孤立必然醜陋不堪，而且「任何單一事實若僅就其本身予以考慮，必將困惑並誤導我們」（日記與札記：卷七，頁八二、頁一〇二）。

針對這些模稜兩可彼此矛盾的說法，研究愛默生的學者無不力求可能解決之道。宗曼・保羅（Sherman Paul）在其所著「愛默生之靈視角度」當中，便就愛氏的對稱觀指出一個要點，亦卽觀者之眼與事實之間有其「正確」關係⑰。保羅的說法頗爲中肯，作爲該書的書名亦頗合宜。愛默生本人也曾幾度肯定此一「角度」之重要。在一篇討論史威登伯（Swedenborg）的文章裏，愛默生曾說：對稱「必須位置得當，使眼軸兩端符合世界之軸心」（全集：卷四，頁一一七）。

另一位學者米勒（Norman Miller）則專就愛默生對自然的看法重新檢視「個體與整體」這

---

⑰ 該書第三章對此問題有相當完整的討論。

個觀念。米勒認爲，如此能釐清矛盾，因爲愛默生的「自然」是個活動、流行、變化不居的世界⑱。他援引愛默生一八四〇年的一則日記來支持他的看法：

> 自然始終流動；從不停駐。運動或變化是其存在之形態。詩之慧眼將男人視爲大河的兄弟，將女人視爲大河的姊妹。其生命始終轉變。冥頑不靈者不斷釘牢，時時憶記；如此卽是固着。英雄從不固着，時時流動，始終朝前，並爲每一刻創造共鳴。

理論上，這些說法都頗爲合理，但卻沒有充分交待日常現實的紛擾。而這一點非但佔了愛默生實際體驗的大部份，同時也把我們帶回到「經驗」一文。對愛默生而言，當時的外在際遇相當惡劣，時時動搖他的樂觀信念；更惡劣者，是潛存於人類心智而他又無法規避的荒謬面。先前愛默生認爲，悟得「宇宙心靈」（Universal Mind）的終極實體是透過無需假借經驗與理性的意識。如今在「經驗」文中，此一意識竟變成一連串捉摸不定的「心境」，甚而蒙蔽了人對平常事物的瞭解。事與願違，原以爲或可解釋矛盾的論點卻反而揭露人的幻覺以及「普遍適用性」的欠缺。所謂「靈視之正確角度」現在反而用來證明「人內在並無擴展的力量；普遍性亦遠非人之個

---

⑱ "Emerson's ,Each and All' Concept: A Reexamination," *The New England Quarterly*, 41 (1968), pp.387-388。

體性所能企及：

> 人就像塊鈣鈉斜長晶石，拿在手上把玩時並不見其色澤之美，直到轉至某一角度才顯出美麗而神秘的顏色。人內在並無適應或普遍適用性，人各有其個別之才智。成功者之訣竅就在於能夠適時適地發出那個角度的光芒。我們做自己份內的事却冠以最堂皇的名目，從而借必然之果來博取先見之明的美譽。（全集：卷三，頁五七）

同理，整體性之悟得也是被「心境更替」所界定的幻覺。而所謂「從不固着，時時流動，始終朝前」的英雄，現在也身陷流沙之中：

> 此一虛幻之特性，其秘密卽在於心境或客體必然是更替不居。我們衷心樂於停駐，但是這個駐足處却是片流沙。自然界此一前進的陷阱我們無力擺脫：它依然在動。（全集：卷三，頁五五）

由於愛默生此時所處理的問題並非「我」與「非我」而是「高層次的自我」與「低層次的自我」之間的衝突與調和，所以這些解釋便露出破綻。在「經驗」一文中，主觀已不復爲超驗直觀之體現，而是人直觀整體和諧的障碍。此時，主觀已變成一股「貪多務得的新力量，勢將吞沒一切事物」（全集：卷三，頁七六），使萬物爲主體「終將各得其所」（全集：卷三，頁七九）。

對此，愛默生的拯救之道究竟爲何？這個答案就在於「生命主宰」當中唯一的積極範疇：「現實」。既然病痛出在人本身，而世間種種荒謬面又都表現在人本身的心境、浮淺、主觀，所以醫治之方也必須從人的內在尋找。這帖藥方終於把我們帶回到愛默生在「經驗」文中引用孟子的對話。這段話雖有克利斯第所謂的「潛在差異」⑲，但愛默生卻絕非附會生意。他發現這段話頗能道出他心中想要表達的思想，而且更爲言簡意賅。在此，愛默生所欲描繪者，乃「時而將人認同於第一因，時而將人認同於肉體之身」的「無限本質」。在「相反傾向的紛爭與喧擾」裏面有一道「生命之等距線」（全集：卷三，頁六二）；人必須保持「力量與形體之間的平衡」（全集：卷三，頁六五），才能夠在「紛紜瑣碎的各部底下」找到「和諧的完美」（全集：卷三，頁七一）。人必須從內在出發，從人本身求得內在的完整，並保持高、低層次的自我、肉體與靈魂、人與自然（或上帝）之間的和諧。如此，才能將懷疑斥爲「這個肯定陳述的限制」而不予以考慮。愛默生提出孟子自我修養的方法，此舉絕非斷章取義的借用。由於人必須透過身心的培養來滋育自我的完整，而人的最終實現又是與自然合一，所以「經驗」一文所採的步驟顯然近乎儒

⑲ Arthur Christy, p. 32.。

家的人文主義。愛默生在孟子這裏找到方法以打破人性與天命之間的隔閡。他把孟子的「氣」視爲「存在」確實也很有見地，因爲正如唐君毅所言：「氣……即指一流行的存在，或存在的流行」⑳。「氣」即是生命的能，或應說是生命本身。

繼「經驗」一文之後，儒家學說在愛默生的思想新境界裏仍然舉足輕重。愛默生在後期的演講和論文當中雖不直接引據儒家經典，但至少字裏行間所隱藏的觀念以及表達方法都與儒家經典非常相似。即以公孫丑上篇而言，愛默生對孟子論養氣一段的印象似乎深植於心中，而在他一八五九年寫「勇氣」（"Courage"）這篇講詞時重新湧現並發揮作用。我們知道，孟子養「浩然之氣」的方法是先養勇，而養勇又是透過身體與道德各個不同階段的修養。但實際上，有關「氣」的整個討論過程是由公孫丑發問開頭：

> 公孫丑問曰，夫子加齊之卿相得行道焉，雖由此霸王不異矣，如此則動心否乎。孟子曰，否，我四十不動心㉑。

我們都知道，孟子是被問及「不動心」之道才論及「養勇」，接着才又論及「養氣」。在「勇

⑳ 「中國哲學原論」（香港，一九七三）原道篇卷一，頁三三。
㉑ 本文凡引用四書之處均根據朱熹之「四書集註」（臺北、世界書局版）

」一文當中，愛默生所討論的主題大抵相同，只不過把討論的程序略加變動而已。甚至連他所用的名詞也都與公孫丑上篇非常相近。文章一開頭便列舉「令世人景仰讚嘆的三項特質」：㈠無私（Disinterestedness）、㈡實力（Practical power）、㈢勇氣（Courage）。所謂「無私」即指「行爲不受常見的賄賂或權勢所左右——此一意向十分誠摯高貴，不爲財富或私益之圖而更改」（全集：卷七，頁二五三）。這個特質與孟子的「不動心」完全吻合。所謂「實力」固然是愛默生獨創的標準，但從他的描寫來看，極可能是把曾子的「守約」加以具體化的結果。擁有這種特質的人都兼具「遠見以及較完備的能力」，這種人「不但通曉人類種種願望，更知道如何達成其目的；對朋友推心置腹，對敵視者據理辯駁；根據自己的意向影響社會」（全集：卷七，頁二五四）。

第三特質的討論在講詞中所佔篇幅最大，基本上是由歷史事實引發。艾德華在編按中指出：愛默生在一八五九年寫這篇講詞時，約翰·布朗（John Brown）企圖佔領位於哈潑渡口的美國聯邦軍械庫，結果事敗而在維琴尼亞州被判死刑（全集：卷七，頁四二六）。但是，愛默生所標明的勇氣卻有一部份合於孟子所言：「眼睛的勇氣，行爲的勇氣，槍砲在前仍泰然自若，獨守正道仍保持喜悅」。這些都近乎公孫丑章句上篇所言「比宮黝之養勇也，不膚撓、不目逃」以及孔子的大勇：「自反而不縮，雖褐寬博，吾不惴焉，自反而縮，雖千萬人，吾往矣」（公孫丑上，頁三七）。愛默生也瞭解「痛苦既屬表面，畏懼亦然」（全集：卷七，頁二六二）；「勇氣有不同等級，每往上一層都能使我們認識更高的德性」（全集：卷七，頁二七五）。愛默生也寫道：「勇氣即人得以自由盡其天職的正常或健全狀態。勇氣即是率直——本份的立即履踐」（全集：卷七，頁二六六）。在此，我們已可窺見儒家思想的道德含意，亦即人性本善，天生即有道德傾向。這一點在底下的話裏更是表露無遺：「人類靈魂之中有一堅定的信念，認為人生有其目標，造物者將人置於世間就是要他執行使命，因此人必定能克服一切阻撓」（全集：卷七，頁二七六）。勇氣就是人類道德義務與存在目的之自然實踐。勇氣就是順從正義的指示與仁慈之心的呼喚以從事；這在愛默生而言是憑藉着不變的「無窮本質」，在孟子而言則是憑藉着「浩然之氣」。愛默生後來在「解放宣言」（"Emancipation Proclamation"）中套用中國話來讚揚林肯總統的勇氣，再度證實這個心靈上的契合：「他有勇氣掌握時機而不顧畏怯的眾議；他的見解如此超卓，行動又配以如此得當的措詞，終於將政府重新納入人類的美德之中。中國人常說：「在位者有德強似五穀豐登」（全集：卷十一，頁三一八）。

我們為了發掘心靈共通之處而如此解釋愛氏作品，也許有人會認為只是無依據的假說或暗藏着相對主義的作法。即令如此，我們所欲確立者應是較重要的事實：中國對愛默生的一連串影響係以「經驗」為開端，但未必是直接的借用。最初，愛默生認為儒家學說過於武斷，而且與西方思想體系相牴觸；後來才逐漸瞭解其眞正本質與精神。在愛默生本人而言，此一轉變確實曾發生。他既懂得反求諸己從內在探索解答，則對現世所發生的事物也能肯定其實質。儒家思想肯定現世所行之善的價值，而愛默生後來寫下「典範人物」（*Representative Men*, 1850）、「生命指南」（*The Conduct of Life*, 1860）、「羣居與獨處」（*Society and Solitude*, 1870）也正是受到此一倫理思想的吸引。早在「過去與現在」（"Past and Present," 一八四三年原載於「日晷季刊」）一文中，愛默生便已指出：「文人須有絕大的勇氣方能處理當代的現實問題」（全集：卷十二，頁三八三）。隨着年歲的增長，愛默生益發關心社會，對政治、倫理、社會理論等世俗學問也愈感興趣。以後期而言，愛默生個人在演講和教學方面的成就日益獲得重視；隨着社交生活的時間大幅增加，他的注意力也「轉向現實的、非超驗的生命理想」㉒。於是，他對於「相信物質之存在」（全集：卷八，頁三）的感官知覺也愈加肯定其價值。此外，康格特（Concord）當時的外界局勢並不完滿，種種社會改革、黑奴解放運動、乃至於南北內戰爆發，這也是促使愛默生更關心現世的原因之一。時局混淆若此，愛默生有感於自己的道德義務，要以自己的方式匡正這些社會弊端。

愛默生越是關心政治、越是致力於社會的改善，也就越接近儒家的作風。孔子和孟子都曾周遊列國以尋求主政的機會，由此可見，儒家學說所企求者主要是政治上的實踐。孔子曾說：「古之欲明明德於天下者，先齊其家，欲齊其家者，先脩其身，欲脩其身者，先正其心」（大學：頁

㉒「愛默生傳」，頁四〇七。

一——二）。為了服務社會，個人必須先從自我出發；先培養道德能力，才足以管理眾人。同理，愛默生的英雄或典範人物若想在倫理政治界獲得成就，其充實自我的方式必然也近乎儒家的作法。因此，愛默生的英雄典型又起了一次轉變；新的英雄不再變成從前的「透明眼」，而更接近儒家的「君子」。

我們深入探討此一轉變的實際過程，便能更進一步說明儒家對愛默生的影響。葛羅士（Theodore L. Gross）曾將愛默生早期講詞如「美國學者」（"American Scholar," 1837）、「神學院講詞」（"Divinity School Address," 1838）與晚期作品如「典範人物」、「生命指南」、「英國民性」（*English Traits*, 1856）加以比較；結果發現前後之間愛默生對「英雄」的看法有相當急劇的改變。早期所說的英雄是個「脫穎而出的理想主義者，反抗『奉承諂媚的歐洲繆斯』以及清教傳統的宗教權威」，到了後期則變為「優異超凡的人，講求現世的權力」㉓。葛羅士指出：此一概念的轉變反映愛默生在這方面已摒棄理想主義，轉而推崇社會的精英人物；又「早期講詞中所說的自我依賴實即仰賴上帝，到了後期才是不折不扣地依賴個別的自我」。因此，現實的英雄是以其現世的「權力」來衡量；「生命指南」中所收各篇論文實不異「獲得現世成就的指引」㉔。愛默生早期的「英雄」被置於超乎時間與歷史之外的「現在」，而後期的典範人物

㉓ "Under the Shadow of Our Swords: Emerson and the Heroic Ideal," in *The Recognition of Ralph Waldo Emerson*, ed. Milton R. Konitz (Ann Arbor, 1972), p. 212。

㉔ *The Recognition*, pp. 216-221。

則被擺在歷史之中，並以過去的偉人爲代表。

此一轉變的背景非但不僅限於黑奴解放運動與南北內戰等史實，更伸及神學與哲學的領域。就此點而言，我們應更深入探討勞焦義（A.O. Lovejoy）的「他世——現世」二元論以便舉證。前此，我們曾根據這個二元論扼要說明愛默生的矛盾，並在這個範圍內檢視中國對愛默生的影響。勞焦義以「存在之大鍊」（*The Great Chain of Being*）的學說追溯形上神學的歷史。在末尾部份他略述歐洲十九世紀初期有關神學二元論的爭辯。這個二元論起源於柏拉圖所持的兩個神，各見於「理想國」（*Republic*）以及「泰繆斯」（*Timaeus*）：

> 其一爲他世的「絕對者」——自圓自足，超乎時間之外，異於常人之思想與經驗範疇，更無需假借塵世或次等存有以補足或增加其永恒自容的完滿。另一則遠非自圓自足，以哲學意義而言亦非「絕對」；其基本性質有所待於其他存有之存在，且所待者不僅一類，舉凡實在界上下各等級之各類皆爲其所待——此神之第一屬性卽是繁延能力，而此一能力之表現則見於蒼生之衆，因而又見於自然界種種過程之時間順序與多重景象㉕。

㉕ *The Great Chain of Being*, p. 315.。

當然，勞焦義的神學二元論並不完全適用於愛默生，因爲他的論調從來不像謝林（Schelling）在一八〇九年所說：「神永不存有，而僅是卽將存有」㉖。但是，我們仍可將勞焦義的二元論推演以解釋愛默生的神學態度：雖然愛默生的神始終是基督教的上帝，是自圓自足、超乎時間之外的「絕對者」，但至少他的後期思想已從這神的性質轉而強調人成聖的實際過程。早期，愛默生將現世種種經驗化爲基督教所預示於來世的永恆喜悅，因而得以堅持其信念與樂觀。當時，他能夠「將一切經驗轉變成基督徒的經驗」，並「將他經驗裏的個別細節變爲基督教的一般法則」㉗。在這方面，愛默生可說是不顧史實與傳統，而這一點多少也能說明愛默生如何漠視傳統的包袱、過去的歷史、以及影響的問題。年輕時，愛默生執着於基督教認識論的誡命，因此能夠爲了天或永恒的精神實在界而不理會社會對他的需求。

然而，超越的英雄亦有其循序漸進的一面。旣然他始終在由下而上各等級之間作爲一股奮鬪力量，大致上便必須具備生成變化的本體，如此一來便無法擺脫與時間的關係。若說神的存有是絕對的，則「人神」（man-god）只能在「存有」的變動過程中存有；這就是矛盾所在。而一旦把注意的焦點轉到變動的過程，則英雄的實際生活便自成一個目的。以愛默生後期生涯而言情

㉖ 同上，頁三一八。

㉗ Stephen Donadio, "Emerson, Christian Identity, and the Social Order," in *Art, Politics, and Will*, ed. Quetin Anderson, et al. (New York, 1977), pp.111-113.。

形便是如此。結果，他便再度處於歷史的永恒變遷，而其中人種種經驗的不斷變幻也被視爲具有實質。他不斷要使自己臻於至善，其實他所追求的就是神的這一面。因此，愛默生後來所設想的英雄不但兼具歷史偉人的種種要素，同時更因具備能臻於至善的人性而受崇拜。愛默生後期的英雄揉合了中國上古時代的聖人如堯、舜、文王，以及歐洲的偉人如拿破崙、歌德；難怪愛默生會把歷史、耶穌基督和中國聖人相提並論一番：

> 耶穌基督的影響在歷史上無人能與其倫比。中國典籍曾如此形容周文王：「從西到東由南至北，每一思想無不臣服於他。」耶穌比任何凡人都更適用這句話。（日記與札記：卷九，頁七）

謝林曾說：「神卽是生命」㉘，愛默生對謝林的神學進化論雖未深入探討，但至少他會說：「人神卽是生命」。我們只須舉「品性」（"Character"），這篇文章裏的一句話卽可概括他的態度：

> 有一種不世出的人天生具備非凡的洞察力與德性，因此被世人一致視爲「神明」，而且他們似乎就是那種力量的累積。（全集：卷三，頁一〇七——一〇八）

㉘ 引於 *The Great Chain of Being,* p.318.。

愛默生早期堅持基督教宇宙論的一般原則，因而世界基本上只具象徵作用，而日常經驗亦只如朝露；直到他無法再作如是觀時，他對儒家典籍的興趣才不斷增長。結果令他相當驚喜，他發現原來儒家學說也有循序漸進的主張。的確，儒家思想承續並徹底發展商朝（西元前一七五一——一一一二年）覆亡後首次出現的人文傾向。從此以後，君王統治的權力基礎並不僅在神或天而已，更須具備天命所要求的德性。殷商期間，天的力量是至高無上而且是絕對的，此時人的命運完全仰仗鬼神的力量。但是到了孔子（西元前五五一——四七九年）和孟子（西元前三七一——二八九年）的時代，人文主義已有了相當深厚的根基，於是「天」便隱而不顯，只留下其道德法則由人類行爲的觀點來制定。孔子相信「人能弘道，非道弘人」（論語：衞靈公第十五，頁一一〇）。因此，只要養成正當的行爲、仁慈之心以及正義感，人人都能够成爲聖賢，也就是孟子所說「人皆可以爲堯舜」（告子下，頁一七三）。按字面解釋，「君子」固然是「君王之子」，但儒家認爲人只要將天所賦予的稟性加以實現，便可能由君子而成賢、成王、成聖。這循序的進展並不憑藉着血緣的關係。我們說愛默生的「英雄」變爲儒家的「君子」，其實就在這個間接被神性界定的人性價值裏面。

討論至此，我們尙得在愛默生的作品當中細究這兩個觀念的共通處。在這方面，卡本特和克利斯第兩人已做得相當徹底，除非有修正必要否則不擬在此重複。愛默生的論調確實有許多地方很像孔子和孟子，尤其在「品性」、「儀態」（"Manner"）、「行爲」（"Behaviour"）、「羣居與獨處」、「社會目標」（"Social Aims"）幾篇講詞和論文。然而，我們將觀念做因果關係的排比切莫操之過急，以免過度強調一些巧合的共通點或因太平常而普遍被人討論的事理。卽以「品性」一文而言，這一類的例子便有不少：「眞理是存有的最高層次；正義是眞理的實踐」、「健全的靈魂是與眞理和正義相結合」、「有品性者好聞己身之過；其他人則不好聞過」（全集：卷三，頁九五——九七）。研究中國古典的學者對這些話自然不感陌生，但卻未必能够在古書中指出實際的引證。因此，我們只有在觀念的脈絡裏探討，才能够較合理地證明愛默生確實吸收了儒家思想。

早在「儀態」（收於「論文集：第二卷」）一文中，愛默生便曾闡明「儀態卽無聲的語言」的觀念；後來更在「行爲」（收於「生命指南」）一文的開頭再度討論這個主題：

> 儀態是微妙而無聲的語言；不重「是何」，而重「如何」。生命具體以表現。雕像沒有亦不需口舌。好畫亦不假詞鋒。自然界一切奧秘均一顯卽藏，唯獨在人身上始終顯而不藏，藉着形體、態度、姿勢、風采、五官面貌，以及人的整個行動。（全集：卷六，頁一七一）。

自然界以天所賦予的途徑顯現自己，這個說法密切地附和孔子對「天」的見解：「子曰，予欲無言，子貢曰，子如不言，則小子何述焉。子曰。天何言哉，四時行焉，百物生焉，天何言哉」（論語：陽貨第十七，頁一二三）。此一呼應關係實屬直接借用，不應以觀念的巧合視之；愛默生有一則日記可資證明：

> 「沉默之於智者絕屬必要。大言讜論與滔滔雄辯必為其所不取之語言；其行動卽是語言。至於我，我欲無多言。上天昭示人類以至高元始——人類行為動作之所本，萬物之所繫——但上天可曾使用言語？天之運行卽天之言語；四季因而各得其時；自然界因其激發而化育萬物。此一緘默卽是雄辯」，孔子。（日記與札記。卷六，頁三八七）

此外，孔子的「中庸之道」很可能也影響到愛默生的思想。早在一八四三年，愛默生便於日記中寫道：「孔子倡言中庸的法則」（日記與札記：卷九，頁三五）；又於「款宴中國大使」（一八六八年）的講詞中，愛默生獨舉孔子的「取道中庸的學說」以為人類思想史上珍貴的成就（全集：卷十一，頁四七三）。在很多場合愛默生都發覺這個學說頗能使自己的思想和行為不趨於極端㉙。在「經驗」一文裏，愛默生曾說：「中間世界最好」；又「我們若欲使其甘美健全，則

㉙ 事實上，愛默生在這方面的努力也是學者研究的主要對象之一。Harry Hayden Clark 之論文 "Conservative and Mediatory Emphasis in Emerson's Thought"，使就此點研究愛默生。該文收在 *Transcendentalism and Its Legacy*, ed. Myron Simon and Thornton H. Parsons (Ann Arbor, 1967)。

形體與力量之間的平衡必須維持。這兩項成份任何一者過多或不足均能造成相當之危害」（全集：卷三，頁六五——六六）。這種論調當然會使我們想到孔子的告誡：「過猶不及」（論語：先進第十一，頁七二）。再以「羣居與獨處」一文爲例，愛默生亦堅持中庸之道以處理個人主義的問題：「獨處勢所難行，而羣居卻無可避免。我們必須將前者置於腦中、後者置於手裏。我們若能保持獨立而又不失同情心，便可符合各種條件」（全集：卷七，頁一五）。

最後這段話，就愛默生個人的困難或就儒家學說如何助其解困而言，都帶出本文最主要的論點。克利斯第列出愛默生直接引用論孟的三段話，從而推斷這三段引文使愛默生增加信心以衡量是否自限於獨處或向人間開展。第一段引文出現於一八六四年的「社會目標」：

> 每個人都必須設法保住自己的獨立；但未必得富有。中國的孔老夫子曾承認財富的好處，但仍有所保留：「若對財富的追逐必定有成，即使必須當馬夫手執馬鞭才能求得，我也會照做。但是這種追逐未必有成，所以我要追求自己的喜好。」（按：原文見論語述而第七，頁四十三）

克利斯第認爲，愛默生引用孔子這段話時「很可能正處在家庭財務亟須補充的關頭」，而其所以要待在康格特是爲了從其所好。但是，這個推論頗值得商榷。首先，克利斯第並未標明愛默生到底何時引用孔子的話。事實上，這段話出在「社會目標」，而這篇文章是收在「文學與社會目標」（*Letters and Social Aims*, 1875）一書中。據艾德華．愛默生指出：這篇論文「約與本書第二篇論文同時，發表於一八六四年十二月」（全集，卷八，頁三七三）。愛默生當時絕非亟須用錢，而且也不是經常待在康格特。根據拉斯克的記載：「當時愛默生日益廣受重視，而於一八六四年膺選爲美國藝術暨科學學院的院士」。前此，愛默生在一八六三年冬四出演講，曾到過芝加哥、密爾瓦基等地；之後於一八六四年曾因政治上的義務赴紐約。接着，自一八六五年起，由於他確信能取得生活所資，便無視於時空限制地周遊「紐約、賓夕法尼亞、俄亥俄、密西根、印第安納、伊利諾、威斯康辛、愛奧華各州」[30]。

卽使退一步而論，愛默生的家庭固然始終需要金錢，卻也很少窮到令他無法從其所好的田地。我們從他的日記中便可發現，愛默生早在一八三八年就寫道：「我的習慣絕不需仰賴固定收入以取得自由；我的旨趣與思想方向都非常堅定，我會貫徹始終——會設法以目前的方式度過此生的黃金時代，不論是富或貧。每思及此，心中便有喜悅」（日記與札記：卷七，頁七一）。後來在「人——改革者」（"Man the Reformer," 1841）一文裏，愛默生又說：「若某人發現自己對詩、藝術或沉思的生活有強烈偏好，以致於對這些事物產生熱忱而無法同時善於理家，那麼

---

[30] 「愛默生傳」，頁四二五與四三一。

這個人應先自行忖度，而且要相信宇宙的種種補償，多少得習於困頓與匱乏以使自己免於經濟上的義務」[31]。準此而論，愛默生雖引用孔子的話來抑制極端，基本上是在強調財富必須誠實取得並善加運用。我們這個觀點可從「社會目標」的行文得到支持。就在他引用「論語」之前，愛默生也讚揚金錢的正面價值：「人類之理解力均贊同以知識和勞動來創造價值的行爲。世人皆知，人必須如此宰制自然界，必須配上工具以強迫自然的力量爲人服賤役並給人力量」（全集：卷七，頁一〇〇）。

克利斯第所討論的第二段引文出自愛默生於一八四三年寫的一則日記：

> 改革。長沮與桀溺因昏君無道而退隱田野，並對孔子之戀棧塵世深表不悅。孔子嘆道：「我不能與鳥獸爲伍。若不追隨眾人，我該追隨何者？設若這塵世尚存正道，我就不須設法予以改變。」（日記與札記：卷八，頁四十）[32]

克利斯第直截了當地指出：愛默生摘舉這段話時，心裏面想到改革者歐克特以及隱士梭羅（Henry D. Thoreau）；又說：愛默生「將自己視爲孔子，而將歐克特與梭羅視爲長沮和桀溺。」[33]。

---

[31] *The Collected Works of Ralph Waldo Emerson*，頁一五三。

[32] Christy, p. 126.。

[33] 同上。

克利斯第的說法過於武斷而且謬誤。以獨處或羣居的課題而言，梭羅之不同於歐克特可謂南轅北轍，根本無法與長沮和桀溺等同視之。兩人當中，唯有梭羅勉強算是隱者，對愛默生之留戀塵世可能會稍表不悅。因此，愛默生附和孔子的嘆言「吾非斯人之徒與而誰與」，實際上並非針對歐克特有關「果地公社」和「布魯克農場」的理想和實踐，而是針對梭羅與鳥獸爲伍的個人「改革」提出答辯。

然而，孔子這段話的結尾非常有力，能使我們洞悉愛默生本人對改革的看法。在闡述孔子本意的過程中，我們將舉出愛默生日記中一段相關但尚未受人注意的章節。茲先將論語的原文引出：

長沮桀溺耦而耕。孔子過之，使子路問津焉。長沮曰，夫執輿者爲誰。子路曰，爲孔丘。曰，是魯孔丘與？曰，是也。曰，是知津矣。問於桀溺，桀溺曰，子爲誰？曰，爲仲由。曰，是魯孔丘之徒與。對曰，然。曰，滔滔者，天下皆是也，而誰與易之。且而與其從辟人之士也，豈若從辟世之士哉。耰而不輟。子路行以告，夫子憮然曰，鳥獸不可與同羣，吾非斯人之徒與而誰與，天下有道，丘不與易也。（論語：微子第十八，頁一二七——一二八）

孔子這番話實係有感而發。道固然不行天下，但既生爲人，對人類便有與生俱來的義務，故雖明知其不可爲，猶仍以眾人之福祉爲己任。宋代理學家二程所說的「聖人不敢有忘天下之心，故其言若此」就是這個道理㉞。孔子的結語暗示着：道在現世雖不得行，但他必將設法予以改變。因此，他決心與眾人同羣，實即隱含了對改革的贊同。

「道」之一字在儒家典籍中有多重用法，在此稍做說明。對孔子而言，道不僅僅是客觀或觀念上的原理或眞理。這個字的意指不但在貶抑種種弊端，更在貶抑這些弊端所由滋長的消極無爲。正如李杜所指出，「道不只有此概念的了解，而是包括人在生活上的積極參與。故論語所說『志於道』不只對道有了解，而是在行爲上依道生活，使了解與意志結合而爲一」㉟。此外，「邦有道」一詞在論語中出現不少次，而且接着出現的話大多是在肯定維繫社會健全所必須的勇氣與行動。茲舉數例：

> 邦有道，穀，邦無道，穀，恥也。（憲問）
>
> 邦有道，危言危行，邦無道，危行言孫。（憲問）
>
> 寧武子，邦有道則知，邦無道則愚，其知可及也，其愚不可及也。（公冶長）

㉞ 徐英編：「論語會箋」，頁二七〇。

㉟ 「孔子的天、道與天道」，刊於「幼獅學誌」第十五卷第二期（一九七八年），頁八三——八四。

這些話都透露出堅決的意志，甚至不惜被人以愚蠢視之也要匡正時弊。如此一來，孔子的慨嘆便又有了一層新的意義，因爲他不得不承認長沮與桀溺是智者，而他自己則是愚不可及。

再就愛默生而言，事實上他非但從未全盤排斥改革的想法，而且還經常贊同改革。他本人也曾介入女權以及黑奴解放等社會運動，由此可見他確實熱衷於匡正時弊。他眞正反對的，是當時用以改革的方法；正如柯拉克 (Harry Clark)所言：「其主要興趣並不在於如何減輕這些弊端，而在於提示最有效的『徹底』改革辦法」㊱。孔子對長沮與桀溺的嘲諷只報以一嘆，愛默生倒是耿耿於懷，並指責他們是嘲諷改革者的德之賊：

> 改革者。〔根據中國人的說法〕
>
> 有一種人我把他們稱作德性之賊。他們只會嘲諷誠摯、單純、爲改善生活方式而努力的人；只會說這些改革者專說大話。可是該當他們行動時，他們却懦弱無能，而且也不顧自己以前說過的話。(日記與札記，卷九，頁三一一)

這段措詞強烈的話顯然是針對着兩位中國隱士而發的。孔子要子路向長沮桀溺問津，卻被他們以「是知津矣」奚落一場。

㊱ *Transcendentalism and Its Legacy*, p. 35.。

克利斯第所列第三段引文直接關係到愛默生對分工這項社會問題的看法。一八四三年，愛默生在日記裏摘譯孟子討論分工的一段對話。原文出自滕文公上，由於文章太長無法在此照列。大致而言，陳相追隨許由，主張聞道之君須與民並耕而食饔飧而治。孟子則列舉幾項日常用品逐項駁斥許由的說法，並指出：「百工之事，固不可耕且爲與。有大人之事，有小人之事……故曰，或勞心，或勞力。勞心者治人，勞力者治於人」（孟子：頁七二——七三）。愛默生在讀這段的當時必然感覺到孟子的話可直接作爲對芮普禮的答辯。芮普禮曾於一八四〇年致函愛默生以說明創設布魯克農場的用意：

> 吾人之目的，正如閣下所知，卽是要在智力與體力勞動之間取得較目前更爲自然之結合；欲將思想家與勞動者兩個面貌儘其可能融於同一個人……㊲。

愛默生個人當然也曾懷疑自己是否應該分擔體力勞動的義務，而且也曾經「愧對爲我劈材、耕種、作炊的佣人，因爲他們多少都能自給自足」（日記與札記：卷七，頁五二六）。儘管他內心存有這類想法，愛默生對一八四〇年當時正在籌劃中的社會合作社卻仍然不無疑問。卽使他決心彌補仰賴他人的缺憾，他也會遵照孔子的敎誨，先從個人出發再及於家庭。因此，他又在日記中

㊲ 引於 O.B. Frothingham, *George Ripley* (Boston, 1882), p. 307.。

寫道：「我欲打破一切樊籠。但我尚未克制自己的家園」（日記與札記：卷七，頁四〇八）。不論如何，愛默生對此事的態度已十分明確，他毫不保留地附和孟子：

實驗者的每一狂野行動我都贊同。關於離羣索居、金錢貨物共有等問題，我也接受他們的說法。然而，我沒有照着去做的唯一理由就是心靈上的偏好。我自有一份我確信能小有成就的工作。我若與他們共事，則自己的工作將無法完成（偏見），而且我也自認力不足以勝任他們的工作。

（日記與札記：卷九，頁六二）

一方面，愛默生認爲布魯克農場和果地公社的公有建築只不過是「較寬敞的樊籠」（日記與札記：卷七，頁四〇八）而予以排斥。因爲這些制度的改革者只重視組織的效力，而忽略個人的眞正道德本質。另一方面，愛默生雖偶爾贊成梭羅的看法，認爲離羣索居是唯一抗拒花花世界的變通辦法。但他卻無法全心抱持梭羅在華爾騰湖濱築茅屋「與鳥獸同羣」的想法與做法。因此，面對這兩極時，愛默生所採的立場便介於歐克特等人與梭羅之間，怡然自處於瀕臨社會的康格特。甚至於連他在一八四七年所建的渡夏別墅，套句史德爾（Taylor Stoehr）的話來說，只不過是「

偏向梭羅這邊的獨立姿態」㊳。但特別值得一提的，是梭羅與歐克特都曾參與這幢別墅的建造工作。歐克特曾於日記中寫道：這幢別墅是供愛默生「退隱專心從事寫作」㊴。實際上，愛默生此時所寫的題材都深深關切到康格特、美國，乃至於全世界。易言之，也就是關切到全人類。此時的愛默生是人類中的高僧、導師，也是先知。儒家的君子是「己欲立而立人，己欲達而達人」（論語：雍也第六，頁四〇），以目的論而言，愛默生的個人主義是根據「宇宙心靈」賦與個人的進取心；其主張也是先要將自我革新，然後再往外伸延以求他人之福祉。準此而論，則在歐克特的公社建築以及梭羅的湖濱茅屋之間，在羣居與獨處之間，愛默生的夏季別墅都可作爲一個象徵性的妥協。人既然天生便具有羣性，則不論再如何努力嚐試，多少總得仰賴社會中的其他生命。其實，早在摘舉滕文公上篇之前，愛默生便已了解人的依賴性。根據艾德華・愛默生指出，愛默生在一篇討論個人生活的講詞中（一八三九——一八四〇年）曾說：「唯有神才是自給自足。人所賴以強大者全在其同類之多且眾」（全集：卷七，頁三四八）。在「人——改革者」這篇講詞中，愛默生再度發揮此一主題，而且論調更接近孟子。

在這篇講詞中，愛默生首先抨擊商業界所盛行的種種弊端和自私行徑：「各種貿易方式已變

㊳ "Transcendentalist Attitudes Toward Communitism and Individualism," *Emerson Society Quarterly*, No. 2 (1974), p. 78.

㊴ *The Journals of Bronson Alcott*, ed. Odell Shepard (Boston, 1938), p. 178.。

得自私跡近竊盜，逢迎諂媚形同欺詐的地步，甚至有過之而無不及」。既然當時被利慾與虛僞所敗壞的行業並不僅限於少數，那麼年輕人又該當如何呢？「當然，我們每個人都被牽連在這項指控之中；物品在田野長成，從田野送到我們的住所，這當中過程我們只須提出幾個問題便可發現：我們所吃、所喝、所穿有無數物品是欺騙和僞誓的產物」。毛病就出在這個體制本身，因爲「貿易界所有的種種罪惡並不屬於某一階級或某一個人。有人採收、有人分配、有人享用……。某項弊端並非某個人所造就；個人也無法予以改變；個人到底是什麼呢？就是默默無聞、必須營生的個人」。針對這項社會弊端愛默生並未找出解決之道。他所能奉勸美國年輕一輩者，也只是要他們以「超乎年輕人應有的精力與謀略，在其中糾正自己」，或「重新創造世界，正如那位自耕自食者」㊵。

愛默生在此並未全神貫注於這個問題，雖則他從來不想勸美國年輕人都在華爾騰湖畔自建茅屋。在一八四三年的另一則日記裏，愛默生顯然心有戚戚焉地寫道：「柳下惠事奉昏君不以爲耻，地位卑下不以爲辱，因爲他常說：『你是你，我是我』」㊶。此時，愛默生已更了解社會成員的相互依賴；而這一層了解更明白地顯示在他從滕文公章句下所作的另一篇意譯。由於尚未有學者將愛默生這篇文字提出討論，在此應列舉其全文：

㊵ *The Collected Works of Ralph Waldo Emerson*, pp. 147-148.。

㊶ 「日記與札記」卷八，頁四一〇。孟子：公孫丑上，頁四九。

〔匡章〕說：「陳仲子難道不是位廉潔的學者嗎？當時他住於陵；三日不得食，以致於耳不聞眼不見。井旁有顆李子已被螬蟲吃了大半。他爬前去吃那李子，嚥了三次才吞下去，之後便耳能聞目能見」。

孟子說：「我認爲仲的確是齊國最重要的學者，但是却未必廉潔。他若眞要按自己的原則行事，則他應該變爲蚯蚓，才能被稱爲廉潔。蚯蚓上吃乾土、下飲濁水。仲所住的房子到底是伯夷所蓋或盜跖所蓋？他所吃的粟到底是伯夷所種或盜跖所種？這點他無法知道」。

匡章答道：「這又何傷？他自己做鞋，他的妻子製麻，並用以換取食物」。

仲的哥哥有一萬鍾的奉祿。仲以其爲不義而不食。他又以其兄之屋爲不義而不願居住。他避開他哥哥，遠離母親而住在於陵。後來他回家，有人送他哥哥一隻活鵝，他皺眉說：「爲何用這咯咯啼的東西？」後來，他母親把鵝殺了給他吃。他哥哥碰巧進來，說：「你吃的正是那咯咯啼的東西的肉」。他一聽便出門把他已吃的吐掉。他卽使變爲蚯蚓，難道就能按自己的原則行事嗎？

(日記與札記：卷九，頁三四)

孟子的寓意簡單而有力：人旣爲人，便不能擺脫人性。要徹底保持自身的廉潔不使其受社會污染固然是可佩，但既活在人世，則其存在過程中總不免被社會的種種弊端所汚染。即使像孟子所說，人變爲蚯蚓仍得迫於生存需要而「上食槁壤、下飲黃泉」，這兩者又何嘗不可能是惡人所爲?比起愛默生在「人——改革者」所講，孟子這段話說得更具信心也更爲熱切。這份對人文主義的信念與熱情愛默生直到一八六九年才具備，至此時才有辦法證實「人誕生於父老之旁，而且永遠無法脫離。人必須有社會的遮蔽，否則我們都將感到幾許裸露與貧乏，就像流離失所無依無靠的一員」（全集：卷七，頁十）。因此，愛默生寧可不做自視清高的隱士，而認同於孔子或儒家的仁人君子：

這就是社會的慣例：與偉人相處易成偉人；旣有的標準易於達成；——其容易正如少年雖有驚濤駭浪在前亦游向他心愛的少女。情誼之裨益非常宏大；而永遠不失其傳奇色彩之事件莫過於英雄之間最投契的際會。

（蔡秦杉譯）

梭羅「華爾騰」裏的儒家經典

萊蒙・凱第 Lyman V. Cady

亞瑟・克利斯第（Arthur Christy）在「美國超越主義中的東方」「*The Orient in American Transcendentalism*）一書，爲我們追溯梭羅（Thoreau）對東方文學興趣的滋生及成長❶。他聲稱：梭羅就讀哈佛大學時曾否閱讀這方面的書籍，並無任何記載。梭羅接觸東方文學始於一八四一年，當時他居住於愛默生（Emerson）寓邸；其時後者正在海外。梭羅日記證明他首先被印度作品所吸引，尤以「曼紐法典」（The Laws of Manu 拼成 Menu）爲最❷。從那時起，梭羅日記中不時提及東方典籍，顯示他對這些書籍的沈醉，並正迅速地吸取這方面的知識。克利斯第歸結這些證據說：「在他生命的最後二十年間，梭羅貪婪地閱讀這些書籍，因而對這些書的評論也就愈益透澈深入」❸。

---

❶ *The Orient in American Transcendentalism; A Study of Emerson, Thoreau and Alcott* (New York, 1932).
❷ *Ibid.*, p. 188.
❸ *Ibid.*, pp. 190-191.

在愛默生令人矚目的私人藏書中，東方書籍包括兩本英譯的儒家經典。第一本是堯盧爾·馬許曼（Joshua Marshman）所編譯，中英對照的「孔子作品」（*The Works of Confucius*）❹。在愛默生接掌「日晷雜誌」（*The Dial*）的編輯工作後，梭羅曾從孔子的言論中選了二十一則格言刊登在一八四三年的四月號上❺。第二本儒家典籍是大衛·高利（David Collie）譯的「四書」（*The Chinese Classical Work, commonly called The Four Books*）❻。此書一到梭羅手中，就立刻成爲「異教經文」標題下第二系列引言的資料來源。他從此書挑選了四十三則，分別歸入七個標題之下，並於一八四三年十月發表於「日晷」上❼。此集錄由梭羅以編註做爲序言，其中評論高利的譯作道：「這是到目前爲止我們所看到來自中國文學最有價值的貢獻。此作品創新之處在於兩卷「孟子的回憶」（The Memoirs of Mencius）。以下刊登的引言主要取自這些書籍」❽。雖然梭羅在引言表上並未指出確切的出處，事實上約略半數的引言取自於「孟子」，三分之一則來自「論語」，其餘的則取自「中庸」。

有趣的是，本文所要討論的「華爾騰」一書中，九處取自儒家經典的引言中，僅有一處與表

---

❹ Joshua Marshman, *The Works of Confucius* (Serampore, 1809).
❺ Reprinted for the Rowfant Club (Canton, Pa. 1901-1902), III, 493-494.
❻ David Collie, *The Chinese Classical Work, commonly called The Four Books* (Malacca, 1828).
❼ IV, 205-210.
❽ *Ibid.*, p. 205.

列於「日晷」上的引言相同。若非此一段引言，我們很自然地便以爲梭羅繼續沿用高利的譯本爲其資料來源，因爲就在不久前，他還在「日晷」上熱烈引用後有爲材料，而且其間並無其他英譯本出現。然而，事實上是同樣來自「中庸」上的同一段引文，出現在「華爾騰」中的和「日晷」上所引的譯文竟然迥異；因而毫無疑問地必有另一資料來源。事實也的確如此。把「華爾騰」中的九處引言和高利的譯本詳加比對，我們發現無一處是根據高利的譯本而來。那麼梭羅四書的摘錄來自何處呢？我認爲答案可從布的耶（G. Pauthier）直接譯自中文的法譯本中找到；此書於一八四一年在巴黎初版發行，次年再版及續版。布的耶收錄中國、印度及回教文化的作品於一册，名爲「東方聖書」（*Les Livres sacrés de l'Orient*）⑨，他的四書譯文即收錄於本書。

梭羅引用布的耶譯本的內在證據頗令人信服。細加比較「華爾騰」中的英文引言和布的耶的法文譯本，可看出在每一段文字中，法文譯文支配了英文引言的形式和遣詞用字。這點在梭羅從眾多英文同義字中選擇用字時，更見明顯：梭羅的每個用字直接反映出布的耶爲忠於中文原文而使用的法文詞彙。另一個同樣有力的論點，是專有名詞全部採用布的耶的法式羅馬拼音系統。尤有甚者，我們將討論的第三段引言中，括號中有一句解釋蘧伯玉身分⑩的文字；這句並未見於中

⑨ *Les Livres sacres de l'Orient.* Traduits ou revus et publie par G. Pauthier (Paris, chez Firmin Didot-chez Auguste Desrez, 1841), I, xxx-764; reprinted, Paris, Société du Panthéon Litteraire, 1842.

⑩ Pauthier, p. 205, col. i. Cf. James Legge, ed., *The Analects*, bk. XIV, chap. xxvi (*The Chinese Classics*, 2nd., rev., Oxford, 1896, I, 285).

文原本，而是取自於詩評的文字，正是脫胎於布的耶的譯本。

外在的證據雖甚爲貧乏，然而僅有的已資證實我們的辨認無誤。梭羅在「康歌河及馬利麥河上一週」中從「論語」上引用了這個引文：「謂『柳下惠、少連，降志辱身矣！言中倫，行中慮』」（They say that Lieou-hia-hoei and Chao-lien did not sustain to the end their resolutions, and that they dishonored their character. Their language was in harmony with reason and justice; while their acts were in harmony with the sentiments of men.）⑪。在此讓我介紹布的耶對這段引文的法譯，以做爲梭羅英文引言和法文詳細對照的範例。注意法譯本在形式、遣詞用字和中文名字羅馬拼音上對梭羅在「華爾騰」中英文引言的影響：On dit que Lieou-hia-hoei et Chao-lien ne soutinrent pas jusqu'au bout leurs résolutions, et qu'ils déshonorèrent leur caractère. Leur language était en harmonie avec la raison et la justice; leurs actes étaient en harmonie avec les sentiments des hommes.⑫。以上的引言，如同梭羅「華爾騰」中許多引言一般，引用時沒有提及任何資料來源或轉移。在此它譴責西方哲學家「對法律的態度太過於消極被動」⑬。五頁之後梭羅相當推崇一位有關「中國和印度立法者之智慧」⑭的法國譯

⑪ Thoreau, *A Week on the Concord and Merrimack Rivers*, in *Writings of Thoreau*, Riverside Edition (Boston and New York, 1893), I, 176.
⑫ Pauthier, p. 214, col. 2.
⑬ Thoreau, *A Week on the Concord and Merrimack Rivers*, p. 171.
⑭ *Ibid.*, p. 176.

者，但未言其姓名。布的耶在書中把譯自「吠陀」（Vedas）和「曼紐法典」的譯文緊置於四書法譯之後，這一事實加強我們認爲梭羅所引述的以及此一時期所有的中文引文，都是由布的耶譯本而來這個推斷的可靠性。我們難免會覺得奇怪，爲何梭羅要捨棄他已熟悉且相當令人滿意的高利英譯本不用，而以其自已轉譯自法文譯本的英譯做爲其舉隅與引述呢？在此資料闕如之際，我們只能臆測了。但是對我而言，他之所以這麼做不難從例證上看出。

梭羅引文來源的問題也許已躭擱我們太久了，就讓我們回到東方對梭羅的影響這一主題上。克利斯第的注意力著重於梭羅苦行主義的本質上，尤其是和其華爾騰的實驗有關這方面。言而有據地，他給梭羅冠上「瑜珈」（yogi）這個印度術語，並詳加闡述梭羅與印度思想模式之密切關係這個主題。而對儒家影響這個問題的處理則較爲簡略。在他書中一份十分珍貴的附錄中，有一節和中國及儒家典籍有關（三一七頁至三三二頁）；這節附錄再加上他的註釋，內容涵蓋出現在梭羅日記中和發表於「日晷」上作品的所有參考資料。他並在註釋中引證「華爾騰」中引言的三條範例以支持他所下的結論：梭羅的性情本質上是非儒家的（non-Confucian）⑮。

I

對於經由閱讀「華爾騰」而探討這個主題的人而言，克利斯第所做的研究稍嫌簡略。大部分

⑮ Christy, p. 195.

西方的讀者不太可能熟悉儒家典籍，更何況梭羅在其半數的引言中未提供任何線索，讀者因而覺其愈益困難了。爲滿足此一需要，在此我提出這些引文和其評論的一覽表，並加上一些概略性的看法。「華爾騰」⑯中儒家引言出現之處如下：

(1)第廿頁援引孔子語
(2)第四十頁無註明出處
(3)第一百五十頁有孔子之名
(4)第二百一十頁無註明出處
(5)第二百一十一頁援引孔子語
(6)第二百七十頁無註明出處
(7)第三百三十九頁援引曾子語
(8)第三百四十一至三百四十二頁援引孟子語
(9)第四百八十五至四百八十六頁無註明出處

在這些段落中無一提及引言出處的儒家典籍的名稱。

(一)「知之爲知之，不知爲不知，是知也。」(To know that we know What we know;

⑯ 本文有關「華爾騰」一書所用的版本是 *Writings of Thoreau*, Riverside Press edition (Boston and New York, 1893), Vol. II.

and that we do not know what we do not know, that is true knowledge)⑰。

這段取自「論語」的引言是孔子謙沖爲懷及爲學誠實的佳例；同時又顯示出在和弟子論學之際，孔子心中所產生的強烈經驗主義傾向（empirical bent）。此句中文原文不及譯文完全；第一個子句中動詞「知」（know）的受詞是「之」（it），這「之」代表什麼我們只有加以臆測，也許是一樁有關宮庭禮儀和君子言行的歷史知識（historical learning）⑱。但在此重要的是其一般的原則和態度，這才是此句之所以值得其門徒一再傳述與保留之處。這句話斥責知識範疇內任何不假思索的武斷專橫和矯情的虛而爲有。梭羅用以支持其對開放心靈的呼籲，以及對在這無限可能的世界中有「眾多道路」可供探索的信心。

㈡湯之盤銘曰：「苟日新，日日新，又日新。」⑲。這第二個引言出於曾子對「大學」的評論。正如「書經」或所謂「史書」⑳所載，傳統上認爲湯是商（始於西元前一七六六年，復國於

---

⑰ *Walden* p. 20. Cf. James Legge, *The Analects*, bk. II, chap. xvii (*The Chinese Classics*, I, 151).

⑱ 亞瑟·韋理（Arthur Weley）在介紹「論語」的文章中，討論儀式（ritual）時曾說：「『知』這個字單獨使用時是指『懂得禮儀』（to know the rites）；任何不懂這應對禮儀的人不足以稱君子」（London, 1938, p.67)

⑲ *Walden* p.140. Cf. Legge, *The Great Learning* (*The Chinese Classics* I, 361).

⑳ 孔子所編的五經之一。

西元前一五〇〇年)㉑的創始者。引述湯浴盆上銘言的重要意義在於「書經」中一貫的理論賦予了儒家一套歷史哲學且提供了天授君權的「天命」(mandate of Heaven) 觀念。在君主荒廢無道,罔顧人民福祉之時,天授的君權將被收回而轉授人民中將起而推翻暴君的高尚傑出領袖,湯就是這樣的一個人。王室浴盆的銘文正所以明白地提醒湯他身爲統治者的處境。唯有日日注意修整自己的品德行爲,方能使其免於前朝不肖子孫的悲慘命運。僅對「四書」有所涉獵的梭羅是否知道這些頗值得懷疑。但由於引言內的想法和他認爲對生命和自我在每天早晨更新的看法相符合,促使他把僅保留於此行文字中的古老中國傳統編入他對「清晨」(morning) 狂熱且具高度象徵意味的冥思中。

㈢蘧伯玉(魏國的貴人)使人於孔子,孔子與之坐而問焉,曰:「夫子何爲。」對曰:「夫子欲寡其過而未能也。」使者出,子曰:「使乎!使乎!」(Kieou-he-yu (great dignitary of the state of Wei) sent a man to Khoung-tseu to know his news. Khoung-tseu caused the messenger to be seated near him, and questioned him in these terms: What is your master

---

㉑ 有關商朝及古代文獻上所列商朝歷代帝王的是史實問題已因一九二八年中央研究院的考古隊在古殷商首都安陽的遺址上挖掘出土一批殷商古物而告確定。在這些出土文物中,有些刻有銘文的銅器深具歷史研究價值。所幸,這項挖掘工作在中共政權統治下並未中斷,且挖出了更多的殷商銅器,現在存列於中共日漸增多的國立博物館中。欲知現代人在重建中國古代歷史這方面的成就,請參閱 H. G. Creel *The Birth of China* (New York, 1937)。

doing? The messenger answered with respect: My master desires to diminish the number of his faults, but he cannot come to the end of them. The messenger being gone, the philosopher remarked: What a worthy messenger! What a worthy messenger!）㉒。

此段引自「論語」，譯文中雖有不熟悉的羅馬拼音㉓名字，但仍可輕易認出是一樁有關孔子的軼事。這是克利斯第所提及三處引自儒家典籍中的一處㉔。他援引此段做爲梭羅特立獨行的個性及其斷章取義，運用摘錄東方的資料以印證支持自己想法和興趣的佳例。「他的朋友必然想知道他在以下……的意圖」（見以上引言）。梭羅以此種奇異方式所一再強調的是永恒和個人的重要性，而非變動不居的事件：「對哲學家而言，所有所謂的新聞都只是流長蜚短」㉕。

㈣子曰：「鬼神之爲德，其盛矣乎！視之而弗見，聽之而弗聞，體之而不可遺。使天下之人

㉒ *Walden*, p. 150. Cf. Tames Legge, *The Analects*, bk. XIV. chap. XXVI（*The Chinese Classics* I, 285）「華爾騰」中 Kieou-he-yu這個名字裏的 "h" 是排版錯誤。所有羅馬拼音在此都拼成 "p" 或其相似者。在布的耶的譯本中是 Kieou-pe-yu. *Vide* Pauthier, p. 205, col. i.

㉓ 羅馬拼音。試圖把中國字的發音以歐洲的字母拼出這項努力有一段著名的既艱辛又混亂的歷史。最早的英譯者是經由南部或沿海省份的方言去認識中文的。即使是譯著仍被引爲範本的列格（Legge）在這方面仍有困難之處。本世紀最通用的韋氏（Wade）系統是以現稱爲「國語」的北方話或中共稱爲的「標準語」發音爲基礎，有時稍加修改而成。上述貴人的名字在韋氏系統中讀爲 Ch'u Pai-yu，孔子（上文讀爲 Khoung-tseu）則讀爲 K'ung Tzu-孔夫子。

㉔ Christy, p. 195.

㉕ *Walden*, p. 150.

齊明盛服，以承祭祀，洋洋乎如在其上，如在其左右。」。

"How vast and profound is the influence of the subtile powers of Heaven and of Earth. We seek to perceive them, and we do not see them: we seek to hear them, and we do not hear them: identified with the substance of things, they cannot be separated from them. They cause that in all the universe men purify and san their hearts, and clothe themselves in their holiday garments to offer sacrifices and oblations to their ancestors. It is an ocean of subtile intelligences. They are everywhere, above us, on our left, on our right: they environ us on all sides."[26]

此引言來自「四書」中的第三本，一般認爲是孔子之孫曾子所作的「中庸」；此書融合甚多孔子的話語與許多令人聯想起孔子的事蹟。在原文中，此段毫無疑問表達人處在這個世界的鬼神觀。先前梭羅曾援用了高利對這段的譯文發表於第四卷的「日晷」上。此處值得介紹高利的譯文以資比較：

"Confucius exclaimed, 'How vast the influence of the Kwei-shin (spirits or gods). If you look for them, you cannot see them: if you listen, you cannot hear them: they

[26] *Ibid.*, p.210. Cf. Legge, *The Doctrine of the Mean*, chap. xvi, 1,2, and 3 (*The Chinese Classics*, I, 397).

embody all things and are what things cannot be separated from. When they cause mankind to fast, purify, and dress themselves everything appears full of them. They seem to be at once above, and on the right, and on the left.' The Ode ㉗ says, 'The descent of the gods cannot be apprehended: with what reverence we should conduct ourselves. Indeed that which is least is clearly displayed. This cannot be concealed.'"㉘

在此引文中我包括了「華爾騰」引文中未引用的額外句子（「詩曰：『神之格思，不可度思，矧可射思』夫微之顯，誠之不可揜如此夫！」——譯者註），以便更有力地顯示由中國字「鬼神」兩字所賦予神靈的原始性格，由於附加了「詩經」的引文而更加彰顯。無論如何，詳讀整段文字，使我們對梭羅就開頭幾行所作籠統且過於強調精神層面而忽略字面意思的詮釋，難表同意。這幾行文字和梭羅內蘊的超越主義心態及他對宇宙生靈的感受相契合；然而，文中甚為明顯、混合着祖先崇拜的萬物有靈論的世界觀卻被忽略了㉙。

㉗ 「詩經」——最古老的經典。

㉘ *The Dial*, Iv, 209-210.

㉙ 我們就這點對梭羅所做的批評應因林語堂在他「印度與中國的智慧」一書中採用了辜鴻銘的「中庸」譯文而稍趨緩和，在該書第八四八頁上有辜氏對此段的譯文為："The power of spiritual forces in the Universe-how active it is everywhere..." 文中的精神化和梭羅完全契合——事實上，這也是梭羅從這段文字中所看到的。

㈤孔子說得極是，「德不孤，必有鄰」㉚。

以上取自「論語」的格言和前一個來自「中庸」的引言相隔甚近。由於「論語」中所輯孔子的箴言中間普遍缺乏前後文的關聯，使得梭羅得以在其中自由地取字的相關性，就如同他在其他引述的段落中所做一般。有時「論語」的某些章節中也會有主題的安排，對某一個大主題給予一連串的討論。如在此章（第四卷）之內，有幾個段落是討論孝道的。但此一主題並未能提供足以引導出這個孤立的格言的上下文。梭羅引這句話用以支持他爲了爭取獨處、遠離市廛塵囂的自由和做爲自己思想伴侶的權力等所做的努力。孔子此話的意思是，有操守的人終將發現他有許多向自己學習模仿的伙伴。在這一層道德意義之下尚隱有政治的影射：這兩者在孔子的思想中常是分不開的。雖然論學時始於個人且常著重於個人的道德操守，孔子事實上是胸懷社會及政治目的。這句格言顯示孔子及儒家相信道德品格是社會中成功的原則。正如亞瑟・韋理（Arthur Waley）所說的：「一個人或國家以德（德性或道德力量）代替暴力，則其他的人或國家莫不起而效法」㉛。

㈥子爲政，焉用殺？子欲善，而民善矣！君子之德風，小人之德草，草上之風，必偃㉜。

㉚ *Walden*, p. 211. Cf. Legge, *The Analects*, bk. Iv, chap. xxv (*The Chinese Classics*, I, 172).

㉛ Waley, p. 106.

㉜ *Walden*, p. 270. Cf. Legge, *The Analects*, bk. XII, chap. xix (*The Chinese Classics*, I, 258-259).

梭羅選用「論語」中另一段來結束其「鄉村」一章，此段確是孔子以德爲政理論的最佳表現。此思想源於古老的封建中國，就如同所有的封建政體一般，當時統治者和人民的關係是建立在人際關係上。可是由於孔子將整個封建關係加以道德化，此思想已經有所轉化。我們大可注意此處譯爲（the superior man）君子的，原意指出身貴族者。孔子創造性的成就在於將理想的貴族基礎由原本視出身高低移轉至看其品德高下而定。但這種爲政觀念的效能仍然依賴封建社會中道德教化對人際關係的影響而定。

㈦「心不在焉，視而不見，聽而不聞，食而不知其味。」㉝

此引文出自「四書」中的第二本——「大學」，此書第一部分一向被認爲係孔子所作，其後由其主要門徒曾參（曾子）續加評論。梭羅此處僅基於感官言語上的巧合就加以引用是否恰當頗值得懷疑。李格（Legge）的譯本把前幾個字譯成「當心不在時」（When the mind is not present），而中文原文卻和現在形容「不專心」的成語相同。

㈧孟子曰：「人之所以異於禽獸者幾希，庶民去之，君子存之。」㉞。

此處梭羅轉向「四書」中的第四本，也是西方人最容易了解的一本——「孟子」。因此書是

㉝ *Walden*, p. 339. Cf. Legge, *The Great Learning*, chap. vii, sec. 2 (*The Chinese Classics*, I, 368).

㉞ *Ibid.*, pp. 341-342 Cf. Legge, *Mencius*, bk. IV, pt. II, chap. xix (*The Chinese Classics*, II, 325).

孟子自己所撰寫，而非由其門徒所記載保留下來的言行事蹟的輯錄，所以在主題上的處理較為廣泛，同時有連續的議論。孟子對心理的強烈興趣也使得此書對現代讀者有一股特殊的吸引力。梭羅雖未誤解孟子，但誠如克利斯第敏銳的見解所指出的㉟，他評斷的目的不同於孟子。梭羅的整個重點置於人獸之間的親屬關係以及動物充沛的活力；這是由於他無意間撿到一個豬的下顎，且發現牠有「雪白健康的牙齒及獠牙」而聯想到的。孟子則強調人和禽獸間的「細微」分野——人的道德力量；他認為經由培養，人的道德力量可將人提昇到聖賢的境界。而如何培育和發展這人與生俱來的「心性」（儒家老是強調其道德層面），則是君子或眞人責無旁貸的工作。

(九)雖存乎人者，豈存乎仁義之心哉？其所以改其良心者，亦猶斧斤之於木也。旦旦而伐之，可以為美乎？其日夜之所息，平旦之氣，其好惡與人相近也者幾希；則其旦晝之所為，有牿己之矣。牿之反覆，則其夜氣不足以存，夜氣不足以存，則其違禽獸不遠矣。人見其禽獸也，而以為未嘗有才焉者，豈人之情哉？㊱

這段最後同時也最長的引言又是取自「孟子」，是孟子和同時代思想家廣泛地辯論人性本善的問題中最有名的幾段之一。這段文字成為已卓然成家的儒家學派對於人性本善的著名聲明，認

㉟ Christy, p. 198.

㊱ *Walden*, pp. 485-486. Cf. Legge, *Mencius*, bk. VI, pt. I, chap. viii (*The Chinese Classics*, II, 408).

為除非是被扭曲或被誤用了，人天賦本然的心性是導向道德上良善的一面的。孟子以牛山（在山東東部）為譬喻而和主張人性本無善惡或人性可塑的告子進行辯論；牛山因每天被尋找柴薪的樵夫所砍伐以致童山濯濯。孟子認為光禿的情景並未能代表山原來的本質；同樣地，人邪惡的情形也只是一些殘酷無情的經驗所導致的結果，並不能代表其真正本性的潛力。

這段引文開首，孟子既富詩意而又半帶神秘地提及「平旦之氣」所具清純和更新的作用；此舉給梭羅自身的氣質及其在「我為何而活」一章㊲中，生動地用以表達同一觀念的象徵手法提供一迷人的對比。梭羅本身對原始、自然以及「尚未遭破壞的」質樸的善之浪漫信念，使他啟靈於代表中國傳統對人的道德精神力量持樂觀看法的孟子這段偉大篇章，實在是十分自然且意義深刻。在下列梭羅的文字中，我們可以看出他明顯地受惠於孟子：「在感官和物慾生活停頓後，人的靈魂，或確切地說是靈魂的器官，每日都注入了新的活力，而他的才智也再度嘗試去過高尚的生活」㊳。然而下一行他卻引了出自「吠陀」的一句話：「所有智慧都隨清晨甦醒過來」。雖然孟子可能對他有影響，我們卻無法論斷在梭羅寫下上述意見時，他心裏是否想着孟子。

II

在詳細檢讀梭羅上一段文字時，我們發現它和「孟子」確實有關聯。可是由我們對「華爾

㊲ *Walden*, p.141.

㊳ *Ibid.*

騰」章節的研讀中，我們必須同意克利斯第就儒家文獻對梭羅的影響這一點所做的判斷㊴——東方文獻和梭羅的思想心性並無深刻的關聯，前者對梭羅的影響根本是可以不予理會的。正如我們在對引文所做的評論中指出，梭羅甚少注意到這些引文的涵意；他也無法體會到那些在當時必須帶頭起教化作用的品德完善的君子對其時社會束縛及習俗成規的感受。對孔子及儒家而言，人是以社會爲中心的；對梭羅而言，人則是以自然爲中心的。在此再覆述一次，梭羅斷章取義、望文生義，並且巧妙地藉此增加其本身特殊且高度個人化思想的異國風味。簡而言之，大部分的情況下，他是以一種非儒家的方式，運用和處理儒家的資料㊵。

梭羅淵深和明顯的自然神秘主義傾向，使他和印度的思想者和精神非常接近，爲何他不引述

㊴ Christ, p. 199.（梭羅取自印度、中國、波斯的公分母是對大自然的一股神秘的愛。」而在他取自儒家典籍的引文中卻幾乎找不到此項。

㊵ 上述評語可略加修飾而不減其判斷價值。過去卅年的儒學研究（包括中外學者對儒家典籍所做的文學批評）——克利斯第的書出版於一九三二年——所塑造的孔子形象遠較以往更具人性且摒棄了後儒在文字上所加諸孔子過度重視形式與拘泥於傳統的外衣。不論我們是否跟隨亞瑟・韋理，Creel 等人和許多著名中國學者像 Hung Yu-lan，或更保守的林語堂諸人對「論語」所做的嚴厲的作品批評，孔子這個人，教師和改革者已擺脫了「聖賢」的刻版形像而成爲一位仁慈，睿智、幽默，有健朗而完整人格且又能眞正獨立的人。他雖重「禮」——行爲模式與良好的人際關係——本來應該會贏得梭羅的強烈好感的。孔子一再顯示出他對內在精神的關切；這內在精神形於外就是適當的行爲模式甚或儀式。沒有這精神，儀式不過是個空殼子。總之，梭羅錄來點綴「華爾騰」的引文中無關於在禮儀細節上的「君子」所施的訓練；這訓練對他在中國古代封建在社會中任官職來說是必須的。

與老子及其門徒有關的「道德經」所代表的中國古老文化的另一主流呢？凡讀過「華爾騰」和「道德經」的師生都訝異於兩者間關係之密切：無論就觀點、自然神秘主義、對單純和原始的熱愛、厭棄世俗的成規和政府的騷擾，以及似是而非用語的重複使用等各方面來說都極爲相似。這點本身就是一特殊比較研究的豐富園地㊶。

當然，梭羅對道家的代表人物或作品並無直接或間接的援引；很明顯地，梭羅似乎不諳中國這方面的古老文化遺產，原因不必遠求。宋朝科舉考試均以儒家典籍爲定本，而其時西方正首度接觸中華文化，所以道家文學被譯成西方文字出版較儒家典籍爲遲。在一八四〇年代道家典籍在西方有一法譯本及兩部德譯本，但顯然這些並未引發梭羅的注意，更遑論早期耶穌會士的拉丁譯文了㊷。梭羅未能接觸老子或莊子的著作是他個人同時也是我們的損失。如果梭羅能從整體上說

㊶ Legge 譯成 *Tao Teh King*; Paul Carus 翻成 *Canon of Reason and Virture*; Arthur Waley 譯爲 *The Way and Its Power*; ;林語堂則翻爲 *The Book of Tao*; ;最新的譯本是R. B. Blakney 的 *The Way of Life.*

㊷ James Legge 在 *The Texts of Taoism, Sacred Book, of. the East* XXXIX, viii 中描述一位 Mr. Matthew Raper 在一七八八年帶了一本由耶穌會敎士所譯成的「道德經」拉丁文本到英國並呈送給皇家學會（The Royal Society）。此書目前由印度公司（The Indian Office）保管收藏。Legge 又說 Abel-Remusat 在一八二三年寫道：「老子的生活與思想回憶錄，一位西元前六世紀的中國哲學家……」他的學生 Stanislas Julien 在一四八二年首次出版了「道德經」的法文全譯本。一八四四年在萊比錫（Leipzig）有兩本德文譯本由 Reinhold von Pländckner和 Victor von Strausse 所出版。對譯本的完整書目有興趣的讀者，請參閱 Cordier 所編 *Bibliotheca Sinica* II, cals. 1386-1403.

來和他並無深切關係的儒家典籍尋得資料以闡述其觀念；要是他認識老莊著作的話，他將會如何愉悅且自由自在地從這些中國「自然主義」礦脈中掘取豐富的礦藏！（**賴守正譯**）

俳句、中國詩，與龐德

鄭樹森

在現代英美詩史上，最膾炙人口的短詩，大概要推龐德在一九一三年四月發表的「巴黎地下鐵站上」❶。一九一四年，龐德在討論「渦旋主義」時，對這首小詩的創作過程，有細緻的描述。照他自己的追憶，要寫這麼一首詩念頭起於一九一一年，當他「在 La Concorde 地下火車站下車，突然看到一張又一張的漂亮臉孔……」❷。那時他心裏湧起一股「可愛的」、「突發的情緒」。倉促間他甚至想不到適當的語言來表達這個感覺。同夜，他走路回家的時候，猝然想到一個表達的方式。但這個方式不是文字的，而是「小塊小塊的色彩」❸。初步的結果是一首三十行的詩。六個月後，另成一首祇有「一半長度」的作品。一年後，那股「突發的情緒」終於透過

❶ "In a Station of Metro" 最初發表於 *Poetry*, II. 1(April 1913)，其詩行的空間排列與後來收入詩集的略有不同。

❷ "Vorticism," *Gaudier-Brzeska, a Memoir* (New York, 1961), p. 86.

❸ 同上，p. 87.

詩人稱爲「俳句式的詩行」表達出來❹：

The apparition of these faces in the crowd:
Petals on a wet, black bough.

人羣中這些臉孔的魅影：
濕黑枝頭的花瓣。

龐德並不諱言俳句對這首作品的影響，且引俳句一首來做例證❺：

The fallen blossom flies back to its branch:
A butterfly.

落花飛返枝頭：
一隻蝴蝶。

---

❹ 同❶。
❺ 同上，p. 88.

龐德認爲這類作品建築在「一個意象」之上，所採用的是一種「並置的形式，也就是說，一個觀感覆疊於另一個之上」❻。

這首俳句是荒木田守武（一四七三——一五四九）的名作。龐德的引文顯係根據英人張伯倫的「日本詩歌」（一九一〇年出版）裏的譯文改作。張伯倫的翻譯是把三截十七字的俳句轉衍成兩行的英文❼：

Fallen flower returning to the branch;
Behold! It is a butterfly.

和龐德的引文比較，主要的變動有三點：（一）第一行末尾的標點龐德改爲支點。（二）第二行起首的驚嘆式字眼龐德的譯文略去。（三）代名詞也刪掉。這些刪修，使得龐德的譯文（由於龐德不諳日文，或許可稱爲「改寫」或「仿譯」）更爲簡潔和緊湊。但最重要的是，透過這些

❻ 同上，p.89.

❼ 見 Basil Hall Chamberlain, *Japanese Poetry* (London, 1910), p.212。張伯倫另有一本更早的譯介，名爲 *Classical Poetry of the Japanese* (London, 1880)。這首詩原文如下：

落花枝に
かへると見れは
胡蝶かな。

刪改，整首詩的運作，轉化成龐德熱中的「意象的並置」(juxtaposition of images)。在張伯倫的譯文裏，蝴蝶和落花之間的類似是用代名詞明白地指出，並有驚嘆式字眼以喚起注意。龐德的改作極力避免直接的說明，僅以支點來暗示兩個意象之間的類同。在一篇回憶性的文章裏，另一位意象派詩人約翰・費立察，認爲與荒木田守武的作品相較，龐德的地下鐵一詩是失敗的，因爲「某些漂亮臉孔……與一根濕黑枝椏上的花瓣之間的關係，並沒有明顯地指出」❽。這一說法，是根本不能明瞭龐德在這個時期的詩觀；但也間接反映出費立察及其他幾位次要的意象派詩人何以一直停留在氣氛經營的階段上。

在「渦旋主義」的論文裏，龐德曾另舉一俳句式的例子，來向讀者加強說明：

The footsteps of the cat upon the snow:
(are like) plum-blossoms.

貓的足印在雪上：
（彷似）梅花。

---

❽ John G. Fletcher, "The Orient and Contemporary Poetry," in *The Asian Legacy and Ameaican Life*, ed. Arthur E. Christy (New York, 1945), p. 158.

龐德馬上指出：「原文是沒有『彷似』這類字眼的，但爲淸楚起見，我把它們加進去」[9]。「意象的並置」不能容納任何的聯繫，不管是比喻性的或代名詞的。這種技巧的目標正是要「切斷聯想之鎖」，讓意象的相互關係「交感式」地演出，而讀者必須主動地運用其想像力來探討兩者之間的關係。

在荒木田守武的俳句，蝴蝶與落花同爲自然世界中美麗的事物，而且這種美都稍縱即逝；另一方面，蝴蝶與花瓣又都是輕飄脆弱的。在龐德的短詩，臉孔與落花相比以暗示其凄美，地下鐵的黯黑與人羣所造成的「魅影」式感覺又透過枝頭的「濕黑」反射出來。詩人自己的解說是這樣的：「這一類的詩作所意圖捕捉的，是當一件外在、客觀的事物，轉化或突入成一件內在、主觀的事物的那一刹那」[10]。如果這首詩的第一行可被目爲客觀印象，第二行就是用一個客觀的意象來表達詩人主觀的感覺；但這種感覺是用具體的意象來暗示，並沒有運用任何抽象的字眼。在一九一〇年的「歐洲文學的精神」，龐德早就指出：「詩是一種飛揚的數學，它給我們的，不是圓形、三角形、或其他抽象形狀的等式（equations），而是人類情感的等式」[11]。這首短詩的第二行正是這項等式中最具體的一部份。

一般說來，在詩的翻譯過程中，最容易保留的往往是意象。韻律和一些文字技巧（如雙關

---

[9] 同[2]，p. 89.
[10] 同[2]，p. 89.
[11] *The Spirit of Romance* (New York, 1953), p. 14.

語）雖可勉強迻譯，但通常和原文距離甚遠。由於不諳日語，且對日本詩瞭解不深（他的主要興趣仍在中國），龐德閱讀及改譯俳句時，興趣僅只停留在「意象的並置」的技巧上，對於俳句的其他技法及條規顯然沒有進一步的瞭解。「意象的並置」並不是俳句的主要技巧，但好些俳句名作的「興趣」皆賴此而來，例如松尾芭蕉這一首傑作⑫：

枯枝に
烏のとまりたるや
秋の暮
枯萎的枝椏
烏鴉停駐在上面——
秋天的黃昏。

秋天的蕭瑟通過「枯枝」傳達出來。暮色的黯黑則與烏鴉的黑羽互相呼應。同時，詩人自身的落寞與心境的寧靜，隱然浮遊於意象之後。重要的是，這些可能的感受都沒有用抽象的形容詞

⑫ 日文原文引自山本健吉編選的「松尾芭蕉」（東京：河出書房新社，一九七二），頁五一。引文仿照一般英譯分成三截。

來明白指出，而儘量留交讀者自己去體會。

在一九一四年，意象派詩人聯合出刊第一部「意象派選集」（*Des Imagistes: An Anthology*）。龐德的作品共有六首，其中四首都是取材自中國古典詩的「改作」。「仿屈原」（"After Ch'u Yuan"）的靈感來源顯係「九歌」中的「山鬼」；「劉徹」（"Liu Ch'e"）是改寫漢武帝的「落葉哀蟬曲」；「秋扇怨」（"Fan-Piece for Her Imperial Lord"）重寫自班婕妤的「怨歌行」；最後一首 "Ts'ai Chi'h" 來源不明⓭。這個時候的龐德，並不通曉中文，亦未收到旅日的美國漢學家范羅諾沙（Ernest Fenollosa）的遺稿⓮。他的材料來源是英國漢學家翟爾思在一九〇一年出版的「中國文學史」（*A History of Chinese Literature*）。取材自「落葉哀蟬曲」的作品採用了「意象的並置」的技巧。下面把翟爾思的英譯（龐德的根據）與詩人的改寫比較，希望藉此闡明龐德與意象派的詩學⓯：

⓭ 原文見一九二六年出版的 *Personae* (New York, 1971), p. 108。關於這四首詩的取材問題，可以參看 Achilles Fang, "Fenollosa and Pound," *Harvard Journal of Asiatic Studies*, XX (1957), 236.

⓮ 范羅諾沙的遺稿包括一卷中國古典詩的英譯（一九一五年龐德修訂出版，定名爲「古中國集」*Cathay*），一卷「能樂」的英譯（*'Noh' or Accomplishment*），一篇題爲「中國文字與詩的創作」"The Chinese Written Character as a Medium for Poetry"）的論文。「古中國集」的問題可參看葉維廉的 *Ezra Pound's Cathay* (Princeton, 1969)。

⓯ 中文原文引自「古文苑」。翟爾思的英譯見 *A History of Chinese Literature* (London, 1901), p. 100.

原文：

羅袂兮無聲
玉墀兮塵生
虛房冷而寂寞
落葉依于重扃
望彼美之女兮安得
感余心之未寧。

Giles:

The sound of rustling silk is stilled,
With dust the marble courtyard filled,
No footfalls echo on the floor,
Fallen leaves in heaps block up the door…
For she, my pride, my lovely one is lost
And I am left, in hopeless anguish tossed.

Pound:

The rustling of the silk is discontinued,
Dust drifts over the courtyard,
There is no sound of footfall, and the leaves
Scurry into heaps and lie still,
And she the rejoicer of the heart is beneath them:

A wet leaf that clings to the threshold.

龐德的譯文是自由詩體，翟爾思則採雙行韻。龐德在「渦旋主義」一文說過：「意象是絕不能和詞藻混在一起的。詞藻是華而不實的，用來在短時間內矇騙讀者」⑯。一九一三年的意象派宣言「幾條戒律」裏，龐德一再強調要「全力避免抽象性」⑰。他的改寫都能做到這兩點。翟爾思譯文結尾前一行連用兩個頗爲濃艷的（也是抽象的）稱謂，最後一行也是抽象的述說。龐德則

---

⑯ 同❷，p. 83.

⑰ "A Few Don'ts," *Poetry*, I (1913)。後易名爲"A Retrospect"，收於 *Literary Essays of Ezra Pound*, ed. T.S. Eliot (New York, 1954)，但略有删修。現所據爲 *Ezra Pound*, ed. J.P. Sullivan (England, 1970) 一書內完整的重刊。這一句引文見該書 p. 42.

自創一個具體的意象（最後一行），委婉地暗示那股哀傷。兩則譯文的最大分別是表現方法的不同。龐德改譯的最後兩行是「意象的並置」的巧妙運用，以一件具體事物來反射出詩中人情感狀態。翟爾思則平鋪直敍（state），近於「張口見喉」，並沒有讓意象「自身俱足」地（self-contained）去呈現（present），只是用抽象的文字去解說一件過去的事情。龐德的改寫尚有餘地讓讀者自行玩味，翟爾思則將詩中經驗直接告知讀者，拒絕他們的參與。事實上，在意象派及渦旋主義兩篇宣言裏，龐德反覆強調的，不過是要事物及經驗主動地演出於讀者的想像世界，而不是被動地透過作者的說明去進入詩中的世界。一首詩可以歸納成寥寥數語的抽象主題，但這個主題必須通過意象化（甚或戲劇化）方能成詩。二十世紀初意象派諸子成名之前，英美詩壇傳誦一時的詩人，不是耽於詞藻，就是偏好抽象性的陳述及說明，甚至喊口號；這些都是龐德極力反對的⑱，所以才開出「詩必須以意象爲主」的藥方⑲。

在渦旋主義的宣言裏，龐德曾說：「Ibycus 與劉徹都是呈現意象的。」換言之，這個時候的龐德也注意到中國詩是富於意象的。但他在討論「意象的並置」的技巧時，完全囿限於日本俳句，甚至自稱其地下鐵一詩是「俳句式的」。龐德所不知道的是，事實上這種技巧亦存在於中國古典詩。他在稱頌俳句時說：「自有拙劣的創作以來，作家都以意象爲裝飾品。意象主義的目標

⑱ 這個問題可參考 C. K. Stead, *The New Poetic* (London, 1964), chaps. 2 and 3.

⑲ 同❷，p. 88.

即是絕不以意象爲裝飾品。意象本身即是詩的語言。……由此而生的美【日本人】一向都很瞭解」⑳。儘管龐德旋即贊美中國詩的「濃縮」，他在這個時候認爲「意象的並置」是日本俳句的獨特表現方法。因此，當他改寫「落葉哀蟬曲」而採用這個技巧，他自以爲是把俳句式的方法用在中國詩上。我國詩人葉維廉在「中國現代詩的語言問題」一文，曾舉李白「浮雲遊子意」一句以說明這種「意象並置」而不加插連繫性字眼的手法：「【這一句】在造句法上應該解作『浮雲是遊子意』（也就是『遊子意是浮雲』）還是『浮雲就像遊子意』（也就是『遊子意就像浮雲』）？答案是：它既可作這樣解，又同時不可作這樣解。我們都會看到遊子漂遊的生活（及由此而生的情緒狀態）和浮雲的相似之處。但在造句法上並沒有把這相似之處指出，沒有指出和沒有解釋的趣味，一經插入『是』、『就像』等連接詞的話，便會被完全破壞」㉑。這一段討論，只要略加改動，就可以移用到龐德地下鐵一詩。葉氏這個看法，傳統的詩話裏也有類似的記載。釋惠洪在「冷齋夜話」即曾指出：「唐僧多佳句，其琢句法比物以意，而不指言一物，謂之象外句。如無可上人詩曰：『聽雨寒更盡，開門落葉深。』是落葉比雨聲也。又曰：『微陽下喬木，遠燒入秋山。』是微陽比遠燒也」㉒。這一種結構其實也就是剔除連接性或比喻性字眼後的「意象並置」，

---

⑳ 同上。

㉑ 「秩序的生長」（臺北：長榮，一九七一）。

㉒ 引自朱任生編，「詩論分類纂要」（臺北：商務，一九七一），頁二四三。

其值得玩味的地方也是兩個意象之間不加說明的「類同性」(analogy)。但在一九一三年收到范羅諾沙遺稿之前，龐德對中國的認識，受囿於翟爾思的十九世紀的「中國文學史」，無法作出正確的評估；在其例證及解說中，對中國詩也僅能點到卽止，並誤以爲「意象的並置」是俳句所獨有。但無論如何，他能根據張伯倫的簡單譯介，而有此突破性的發現，已屬難能可貴。

龐德在意象主義及渦旋主義兩篇宣言展現的詩觀，並不是憑空突發，而是他五六年來逐步摸索的結果。早在一九〇八年，他寫給威廉・卡洛斯・威廉斯的一封信上，就有這樣的說法：「對我來說，戲劇中稱得上是詩的，只有那些簡短的所謂戲劇性抒情詩的作品——也就是我在寫的那種東西，其餘的(對我而言只是散文)便留交讀者的想像力，或以短註作暗示或交代。」他隨卽又說，劇中人物能夠吸引他的，通常是在「頓悟、自剖、或放歌的一刻」㉓。由是可見，龐德對「暗示性」的追求，實在起源甚早。「意象並置」的效果之一，卽是使讀者在自行體會詩中經驗時，玩味到意象間的「類同性」，而對事物有一突然的、嶄新的、近乎頓悟的瞭解。龐德在一九一三年的宣言對「意象」的定義是：「在一刹那間呈現出知性的與感性的複合體。」這個說法實

㉓ *Letters*, pp. 3-4.

可遠溯至一九〇八年的這封信。「一刹那」及「複合體」這些字眼無不與書信中強調的抒情性、頓悟性、片刻性互相脗合。同信中又說要「描繪事物如在目前」，並要「擺脫訓誨主義」。這兩點與意象派宣言的首二條戒律也似乎有點血緣㉔：

①不管「事物」是主觀的或客觀的，都要直接描繪。

②凡與詩表現無關的文字，絕對不能出現。

儘管龐德早就洞察到問題的存在，並已有實在的建議去解決，他自己的詩作事實上與他的理論尚有一段距離。一九〇九年他出版「化身集」（*Personae*，一九二六年刋行的同名詩集是增訂本，包括「古中國集」及其他譯作），詩風仍然未能擺脫維多利亞王朝英詩的影響。當時的評者愛德華·湯馬士頗爲銳利，指出其用字好古，拼字喜用古法，某些段落頗爲白郎寧㉕。換言之，一九〇八年的龐德在理論上要比他的同輩詩人來得先進，但他的詩還不能說是理論的實踐。早在艾略特提出「客觀投影」（objective correlative）之前，龐德在一九一〇年的「歐洲文學的精

㉔ *Ezra Pound*, p. 41.

㉕ Edward Thomas, "Two Poets," *English Review*, III (1909), in *Ezra Pound: the Critical Heritage*, ed. Eric Homberger (London and Boston, 1972), p. 50.

神」就說過：「詩是一種飛揚的數學，它給我們的…是人類情感的等式。」不少論者皆以爲艾略特的說法，或多或少都受到龐德這個看法的影響。在意象派宣言中所說的「要努力避免抽象性」，及「不要亂發議論——這應該留交那些所謂哲理性文章的作者去做」㉖，事實上與一九〇八年信上提及的要「擺脫訓誨主義」大略相同。自一九〇八——一〇年間的龐德，雖有理論上的突破，但不少意見及見解尚未能滙結在一起，其語氣用字也缺乏後期文章中的肯定性。在一九一一年底，開始在「新時代」雜誌發表總題 "I Gather the Limbs of Osiris" 的一系列文章時，龐德的看法開始系統化，成爲一套獨特的理論。

這一系列文章的第二篇叫做「學問的新方法」。龐德是這樣解說他的方法：「我想我要討論的這個方法並不是我發現的。這個方法只是尚未普遍運用，尚未清楚地或特意地歸結出來罷了……這個方法叫做『鮮明的細節』（Luminous Detail）；過去的方法是情感與一般性的描述，時下流行的方法是大量堆砌細節。我這個方法是專門與它們作對的」㉗。這個方法其實就是挑選一個或數個鮮明而突出的意象，删去枝節的意象，集中全力處理主要意象。至於龐德所攻擊的，顯然是十九世紀末詩作的情感泛濫，以及詞藻的堆砌。愛德華・湯馬士雖然對龐德偏好古風的用字遣詞不滿，但卻贊揚龐德「能够避免時下流行的無病呻吟及悲觀厭世；而對大自然的感受也沒有流

㉖ 同㉔，pp. 42 and 43.

㉗ 這一系列文章連載於 *New Age*, December 7, 1911–February 15, 1912. 現收於 *Selected Prose 1909–1965*, ed. William Cockson (New York, 1973). 本段引文見 p. 21.

入過度的描寫和裝飾性的比喻」㉘。由此看來，一九〇九年的龐德，除開用字的問題，基本上已能廻避不少同輩詩人的毛病。同一篇文章裏，龐德又指出，任何事物或事實都可以是「重要的」或「徵象的」，但有一些卻能「使得我們對環繞這些事實的情境，或是原因與影響……有突然的透視。」這篇文章先於意象派宣言好幾個月，但事實上包含了意象派的基本信條。其後龐德又說，這個方法是「呈現」而不是「陳述」；所謂「呈現」是這樣的：「藝術家尋覓出鮮明的細節，在作品中呈現出來，但不作任何說明」㉙。「不作說明」就是「暗示性」，但龐德所要求的「暗示性」，並不是象徵主義式的氣氛朦朧的那種，而是要意象鮮明的。

一九一二年初，龐德發表一篇題爲「一個前瞻」的文章，對於現代詩的趨勢有如下的看法㉚：

> 二十世紀的詩，以及未來十年間我希望會出現的詩，將會排斥表面性的修飾，將會更爲「堅硬」和「爽朗」，也就是 Hewlett 先生所說的「逼近骨骼」（nearer the bone）。這種詩將會盡量接近花岡岩的硬度……我們將看到越來越少的彩描式的形容詞……。起碼對我來說，我要使得這種詩極爲嚴竣、直接、完全沒有情感的濫用。

㉘ 同㉕，pp. 50–51.

㉙ 同㉗，p. 23.

㉚ "Prolegomena," *Poetry Review*, I (1912); in *Literary Essays*, p. 12.

排斥形容詞和嚴防情感泛濫的說法，同時期在「新時代」發表的文章裏已有討論，這裏只是重彈老調。但值得注意的是文中那些雕塑性的字眼，如「堅硬」之類。這種以物體的硬度來比喻於文字的作法，如與「鮮明的細節」配合來看，顯示龐德所強調與追求的其實是意象的「具體性」（concreteness）。一九一二年二月，龐德發表 "Osiris" 這一系列文章的最後一篇，文中一些看法重複「一個前瞻」的論點，例如要求詩作「更爲逼近物體」，以「物之美」替代及排除修詞。但這一回又比「一個前瞻」要更進一步，更爲實際地指出可以試驗的手法。他首先要求詩的語言簡潔化及直接化；但這和日常口語的簡潔和直接有所不同。這種「不同」並不是來自「華美的形容詞或繁複的誇大性修飾」，而是來自「詩的結構的藝術……使得讀者感覺他所接觸的，要比平常遇到的有更爲精緻的安排」㉛。「意象的並置」也就是一種特殊的結構、「精緻的安排」。當然，結構還可以包括其他手法，例如龐德在後期作品「詩章」中大量使用的「羅列法」(parataxis)。這篇文章並沒有明言龐德所希冀的結構的形式。很可能龐德自己尚在摸索中，還未能提供決定性的答案（或例子），而只能指出一個大方向。及至一九一三年，可以肯定地說，他在這裏所說的「結構」，顯然是以「意象的並置」爲首。

在「歐洲文學精神」，龐德大力表揚但丁，認爲他的意象「準確」；並舉葉慈來對比，認爲葉

㉛ 同㉗，p.41.

慈所經營的祇是「朦朧的」、「氛圍的」美。當然龐德所指的是象徵主義時期的葉慈。換句話說，龐德並不以為當時文名頗著的葉慈是值得效法的對象（至於葉慈受龐德影響而逐步改變詩風又是後話）㉜。反之，龐德以為但丁的「準確」，中古法國南部吟遊詩人 Arnaut Daniel 詩中意象的「堅硬」和「透明」(clear) 才是應該倣效的。及至一九一三年，龐德發表一篇題為 "Status Rerum" 的文章㉝，明確地支持他的朋友小說家福特（Ford Madox Ford，其時尚稱 Ford Madox Hueffer）反象徵主義的立場。文章劈頭就說，「在今日的倫敦」，他寧與小說家的福特談詩，而不願意與其他的詩人談論。至於福特對藝術的看法，「則剛好是葉慈先生的反面。葉慈先生是主觀的；相信文字的瑰麗及聯想性……他與法國象徵派詩人共通之處甚多。」但福特「則相信事物的準確呈現。他是要排除一切聯想以求取準確的意義。」這個態度與後來在渦旋主義一文聲稱意象主義與象徵主義無關是一致的。象徵主義者也重視鮮明的意象，但這些意象祇是材料，讓詩人的主觀經驗進行加工，透過它們表達抽象的形上意義。對象徵派而言，自然事物必須賦以主觀的意義（即有所象徵）方能入詩。但對龐德來說，事物本身的意義即已足夠㉞，「意象本身即是

㉜ 龐德對葉慈的影響可參看 K.L. Goodwin, *The Influence of Ezra Pound* (New York and London, 1966); and Richard Ellmann, *Eminent Domain; Yeats among Wilde, Joyce, Pound, Eliot, and Auden* (New York, 1967)。

㉝ *Poetry*, I (1913). 下面引文見頁125。

㉞ 同㉔，p. 42.

詩的語言」㉟。客觀呈現是龐德最關心的。「意象的並置」即放棄意象之間主觀性的聯繫；具體的意象是以文字來對等於實際的事物，但除此之外，並不包含主觀的抽象意義。也就是說，一朵白花祇是一朵白花，並不成爲任何形上意義的代表。

龐德在一九一三年又曾撰文評述史坦達爾及福樓拜所代表的「散文傳統」。文中曾對「客觀呈現」再作說明。照他的看法，這兩位小說家所代表的「散文傳統」之偉大，全在其「透明的呈現」；「只有事實的展露而沒有任何說明；並不表達個人對某一部份的眞實的偏好」㊱。客觀呈現是準確地選出具體的意象，不加主觀色彩的渲染，去表達外在的事物或場景。但個人內在情感又如何客觀地去呈現呢？龐德的答案仍然是以準確而具體的意象來作折射，而不是主觀地以抽象而一般性的形容詞來說明。一九一四年間，另一位意象派詩人李察·艾登頓也提供過類似的答案：「我們表達情感的方法，是不加說明地呈現出情感流露時的對象及情境。舉例來說，我們絕不會說『我多麼愛慕那位美麗、綽約——然後是二十五個形容詞——的婦人……』我們只會創造一個『意象』來呈現她，我們讓景物來表達情感」㊲。龐德重寫「落葉哀蟬曲」時，也就是運用這個手法，最後一行就是詩人自創的意象。概括地說，自一九〇八年起，龐德努力追求之鵠的，

㉟ 同❷ p. 88.

㊱ "The Approach to Paris," *New Age*, XIII (1913), 662.

㊲ Richard Aldington, "Modern Poetry and the Imagists," *Egoist* I (1914), 202.

不外是「具體性」和「暗示性」。前者要增強運用鮮明、準確的意象，及去除抽象語與詞藻；後者則要排斥說明文字，盡量讓事物及經驗自行演出，讓詩中「訊息」透過意象自行傳達。不作語意聯繫的「意象並置」的技巧，剛好能配合這兩個目標。

一九一八年四月，龐德在「今日」月刊，分兩期發表一篇題爲「中國詩」的短論，文中例子取自一九一五年出版的「古中國集」。文章開頭時說他翻譯中國詩，是因爲中國古典詩富於「鮮明的呈現」（vivid presentation），而「中國詩人在表達完題材後，不會作道德訓誨及其他的說明。」[38]在評論李白的「玉階怨」時，他認爲這首短詩頗富「暗示性」。評述李白「古風」第六首（「岱馬不思越，越禽不戀燕」）時，認爲該詩的好處是「直接」、「沒有濫用華美的形容詞」、「沒有『傷他悶透』」（"no sentimentalizing"）。龐德此處所標舉的這些好處，都是他在一九〇八——一四年間一再大力呼籲和提倡的；我們在前面亦已論及，這裏就不再重複。大略來說，龐德的譯介中國詩，固然是認爲可資借鏡之處甚多，但另一方面則是要藉此宣揚他自己的詩觀，「借重外力」以攻擊他心目中的「時弊」。

一九一九年九月，英國的「小評論」（*Little Review*）開始連載范羅諾沙的論文「中國文字與詩的創作」。在一九一三年底，范羅諾沙的遺孀卽將遺稿交龐德整理[39]。這篇文章經龐德編校

---

[38] "Chinese Poetry," *To-Day*, III (April-May, 1918), 54.

[39] 這個日期是根據龐德的自述，見 *Letters*, p.27.

後，始終找不到雜誌刊登，因此拖到一九一九年才問世。范羅諾沙這篇論文指出中文是最適合寫詩的文字，主要論點如下：（一）中國文字大多是象形結構，最接近自然。（二）象形字一旦連貫起來便成爲一列活動的圖畫。（三）中文的動詞沒有主動被動之分，而以主動爲主。（四）中文的造字法是集合具體事物以構成知性觀念。范羅諾沙的一些論點，對中國來說，可能不值一顧，但我們的目的並不是駁斥其謬解，而是要探討這些論點如何協助龐德建立及宣揚他的詩觀。

范羅諾沙認爲：「不少原始的中國文字，即使所謂部首，都是動作或行動過程的速寫圖畫。例如『言』字是一張嘴巴加上兩個字和一股直噴的火焰。……但大自然及中國文字所擁有的這種具體的動詞性質（concrete *verb* quality），自這些簡單而創造性的圖畫轉向覆合字時，變得更令人訝異和詩化。……一個眞正的名詞，一件孤立的事物，並不存在於自然裏。……自然裏也沒有純粹的動詞或抽象的動作。眼睛所看到的名詞和動詞只是事物的動作，或動作在事物中，因此中國文字的構造正傾向於表現這個特色。」跟着，這位漢學家又舉數例以作說明：「太陽低伏在草木的茁長之下便是『春』。太陽的符號纏繞於樹木的枝椏便是『東』。『田』加上『力』【耕

㊵ 這篇論文在一九一九年九月——十二月連載於「小評論」後，在一九二〇年收入龐德的「擷掇集」（*Instigations*）。其後在一九三六年分在紐約倫敦兩地以單行本問世，並增加五版中文附錄，包括一些中國文字的象形字源分析，及日人菅原道眞（八四五——九〇三）的一首漢詩（傳爲其十一歲時的作品）。現所據爲這個版本，pp. 9-10。近年三藩市「城市之光」出版社亦據這個版本影印發行一個平裝本。這篇論文據說有張蔭麟文言體的中譯。

耘】便是『男』。」㊵。因此，照范羅諾沙的說法，中國文字是「逼眞而立體的，因爲『事物』和『動作』並沒有正式分開。」他更認爲讀者在閱讀這些文字時，直接與自然本身及其活動接觸。而西方的拼音文字，只是一種約定俗成，與自然事物並無直接關聯；因此，具體事物與抽象陳述的距離並不很遠，只是字母的排列組合，且其本質傾向於抽象。例如 sun 和 see 兩字一指「太陽」一解「看見」，但都是人爲的定義，如果硬性規定或在造字時就顚倒以用，那麼交換使用亦無不可。中文的日字則比 sun 要富具體性和視覺性。但日字不能和看字顚倒使用，與約定俗成無關，因爲兩個字各有實際的代表形象；「看」是手放在眼睛之上的圖象。

龐德在意象派宣言嘗謂「意象」是指「在一刹那間呈現知性與感性的複合體。」中國文字的象形結構，隱然適合龐德這個定義。由於象形，中國文字可以認同於本來代表的物體或動作，因此是感性的。它同時也是知性的，因爲文字本身有其意義，而在書寫的過程中又經過轉化，並不是直接模擬自然（那就是圖畫）。換言之，知性的意義和感性的圖象同時結合在中國文字裏。范羅諾沙的結論之一，即是中國文字適合詩的創作，因爲以中文寫成的詩，「一方面具有圖畫的逼眞，同時又有聲音的活動。從某種意義觀之，它是比圖畫來得更客觀、更戲劇化。在閱讀中文時，我們得到的，不單是精神活動，而是在觀看事物演出其命運」㊶。范羅諾沙的毛病極爲明

㊶ 同上，p.9.

顯。首先，中國文字並不全是象形結構。其次，一般中國人在平常閱讀時所注意到的，仍是文字的知性意義，而不是原始的圖象。但撇開錯誤不提，范羅諾沙的研究所得，好些地方與龐德的詩觀前後呼應——例如龐德的要求「直接描繪事物」、「摒棄抽象」、「自然物體本身即足以入詩」（指不必經過主觀象徵化）、以及具體圖象的並置（如「春」字）等皆是。

龐德在一九三四年出版的「文學入門」一書，曾經胡謅一個例子來說明抽象與具體在方法上的分別㊷：

> 相對於抽象的方法，也就是以越來越熟悉和一般性的詞語來說明事物，范羅諾沙強調的是科學的方法，也就是詩的方法，以別於「哲學性的討論」，而這就是中國人的文字（或是簡單的圖畫字）的作法。……
>
> 他【中國人】要界說「紅」【赤】這個觀念。……
>
> 他【或是他的祖先】便把下面這些事物的速寫圖畫拼列在一起：
>
> 玫瑰　櫻花
>
> 鐵樹　火鶴

㊷ *ABC of Reading* (New Haven, 1934), pp. 20-22.

我們可以看到，這正是一位生物學家所會做的（其方法更爲複雜就是了）：把幾百甚至幾千的切片集中，挑出最爲適切於他的論斷。

龐德所說的科學方法及其生物學家的例子，就是歸納具體事物，加以排比，從而得出抽象結論。這當然與從抽象出發而終於抽象的所謂「哲學性討論」不同。龐德的例子在中文裏雖屬子虛烏有，但亦足以說明這個論點。這種方法其實也就是「意象並置」的手法。中國文字的結構，依范羅諾沙和龐德的了解，都是具體的。而任何抽象觀念，都是透過具體圖象的並列來表達的；例如「日」加上「月」而得光明的「明」。因此，太陽和月亮兩個圖象的並列，既是具體的，也是知性的，而在兩個構成份子之間也無直接的聯繫。

中國文字的結構雖然也是一種「意象的並置」，但和俳句的略有不同，因爲後者強調意象間的「類同性」，中國文字中圖象的並列雖也有基於「類同性」（例如太陽和月亮同爲發光體，合列而爲「明」），但大多只係表達實際的圖象或動作，而不見得就有性質上的相似。龐德在「文學入門」中胡謅的例子仍然建築在「類同」之上，因爲他所舉的四樣東西都是紅色的。在龐德寫作「詩章」時，「意象並置」的手法仍不時運用，且其用法比早年更爲複雜繁富，但基本上仍以意象之間的「類同性」爲組合的條件。不少讀者在研讀「詩章」時，常以典故太多掩卷而去，但如能把握「意象並置」是建築在「類同性」的原則，碰到一段詩有好幾個典故的時候，只要能明瞭一個典故的含義，其他典故的指涉也就可以大略引伸出來。在「詩章」裏，龐德所並置的意象往往不再是自然事物，而是歷史的事實或文學的典故，但「並置」的手法並無改變。例如下面這個例子㊸：

Mirabile brevitate corresit, says Landulph
　　　　of Justinian's Code
and built Sta Sophis, Sapientiae Dei
　　　　　　　　　　　　正名
As from Verrus Flaccus to Festus（S.P.）

引文第二行提到的 Justinian 是古羅馬的一位皇帝，以刪修羅馬法律使之系統化名於世，爲西方法律奠下基礎。引文最後一行的 Festus 是二世紀末期一位羅馬的文法學者，曾刪編 Verrius Flaccus 的拉丁文文法辭典（這是一本流行於古代的文法用書，至於龐德原文中 Verrius 漏掉一個 i，這在龐德，是時有發生的錯漏。）龐德把這些人物並列，並又挿入中文「正名」，初

㊸ *The Cantos*（New York, 1965）, Canto 97, p.682.

看會有點費解。但細想之餘，似可從這些史實的並列歸納出這樣一個抽象結論：法律必先求清楚和正確，才能有社會和政治的安定。但在立法和把法律訂正之前，語言的用法如不一一肯定，那麼這套法律便會引起流弊和各種矛盾。立法和語言的澄清，在龐德看來，又都是一種「正名」的行爲。「正名」典出「論語」子路十三。當時衞出公要請孔子去協助政事。子路想知道孔子適衞後的行政措施，孔子說：「必也正名乎。」從歷史背景來看，衞出公在祖父死後，不把流放在外的父親迎接回國，而擅行登位，是違反宗法，僭稱名號。因此「正名」也是一種法律行爲，追求的也是社會秩序的安定。

在龐德寫作「詩章」的後期，並置的手法更擴展到中文的運用。「詩章」有時不再依賴一整行的英文來呈現一個意象，而以一個象形的中文字來取代，例如下面這一段詩㊹：

Linus, Cletus, Clement
　　　　whose prayers,
the great Scarab is bowed at the altar
the green light gleam in his shell

㊹ 同上，Canto 74, pp. 428-9.

*pl*owed in the sacred field and unwound the silk worms only
in tensile

顯

in the light of light is the virtù
"sunt lumina" said Erigena Scotus
as of Shun on Mt Taishan
and in the hall of the forebears
as from the beginning of wonders
the paraclete that was present in Yao, the precision
in Shun the compassionate
in Yu the guider of waters

凌納斯，克里提斯，克里門
彼等的禱告，

偉大的聖甲蟲俯服在祭壇上
綠色的光閃耀其甲殼中

去犂神聖的土地並將蠶繭拉拔
成絲

顯

眾光之光中是那「至光」
「光芒萬丈」伊歷金納如是說
乃登泰山的舜的寫照
而在祖先的祠堂裏
自最早的偉績開始
聖靈充滿於言而有信的堯
仁慈的舜
及治水的禹

發亮的「聖甲蟲」是古埃及人拜祭的豐饒及再生的代表，也是埃及信仰中太陽神的形狀之一；埃及人好將其形狀刻鐫在綠色玉石或其他金屬上，以作護符或陳設，所以詩中形容其亮光為「綠色的光」㊺。引文第五、六兩行，根據龐德較早的提示，是指中國古代求取豐饒的儀典，因此與埃及的拜祭「聖甲蟲」並列在一起。龐德的來源是「禮記」月令篇所載的：「孟春之月」，「天子乃以元日祈穀于上帝。乃擇元辰天子親載來耜……躬耕帝藉。」及「季春之月」，后妃要親自採桑，以示先天下。隨後即「分繭稱絲，效功以共郊廟之服」㊻。至於「聖甲蟲」刻在玉石，蠶絲織成絲綢，都會發出亮光，又是兩者之間的另一「類同性」。伊歷金納是九世紀間原籍愛爾蘭的宗教哲學家。其學說受「新柏拉圖學派」的影響，有泛神色彩，認爲萬物之生，固然是上帝的創造，但其形式是以亮光逐步推展的。伊歷金納的哲學極富理性主義，並認爲經義皆應有理性的解釋，因此頗受龐德的欣賞㊼。這段詩裏，龐德從埃及「聖甲蟲」的綠光，推展至中國「蠶絲」的光，又進一步類推及伊歷金納的哲學之光，是相當主觀的並列。這一段詩又並置以中文的「顯

㊺ *Encyclopedia of Religion and Ethics*, ed. James Hastings, Vol. 11 (New York, 1961), p. 225.

㊻ 引自「禮記注疏及補正」（臺北：世界書局影印本）。

㊼ 龐德對伊歷金納的認識與採用，可參看 Peter Makin, "Ezra Pound and Scotus Erigena," *Comparative Literature Studies*, X. 1 (March 1973), 60-83。在「詩章」第五十五首，龐德將伊歷金納與周敦頤並列對比。龐德對宋明理學也有一點認識。張君勱在客居美國的時候，曾以英文撰寫 *The Development of Neo-Confucian Thought*, 2 vols. (New York, 1957-62)。在此書第一册一九五七年出版之前，張氏曾在美國友人陪同下去探視龐德，並與龐德討論王陽明。其後張氏請龐德爲這本書寫序，但結果以龐德的序言不够「學術性」（大概是指龐德的行文風格），擯棄不用。

字。據「說文解字」的解釋，「顯」者，「頭明飾也」。此外，顯字的古文作「㬎」，是「從日中視絲」的意思[48]。太陽和絲都能散發亮光，因此這個「顯」字直接和引詩的第三、四、六、七、八、十二等幾行發生連接關係。「顯」字又可用來形容堯、舜、禹等傳說中的聖皇（顯要；光芒萬丈的人物）。引詩第一行中的三位中古基督教聖者亦可歸入「顯」字的照射範圍。因此，這個「顯」字不單是一個並置性的意象，還是一個統一性的意象，協助整段詩的意象和典故作有機的溶合。

范羅諾沙的論文刋出時，副標題是「一篇詩學論文」，龐德的前言又指出這篇文章並不是討論語言學上的問題，而是「所有美學上的基礎問題的探討。」又說范羅諾沙在研究西方陌生的藝術時（指中國詩及中國文字等），已經「進入不少已然成熟在西方『現代』詩及繪畫的思想形態……近日的藝術運動已然肯定其理論。」此處所指的「運動」顯然就是意象主義和渦旋主義。范羅諾沙的一些論點（如具體性、事物的自然呈露、及並置的手法），正是龐德在這兩個「運動」中努力追求的。自一九〇八年前後至發表這篇論文的十多年間，龐德考察和摸索過的文學傳統，實可說是洋洋大觀；隨手寫來，卽有希臘抒情詩、法國中古吟遊詩人、但丁、古英詩、俳句、中國詩、史坦達爾及福樓拜的「散文傳統」、羅馬拉丁詩人等。在探求的過程中，「具體性」和「

[48] 見丁福保，「說文解字詁林補遺」（上海一九三二年版，臺北商務印書館影印本作十二册），第六册。

暗示性」始終是他縈繞於心的，而這些繽紛各異的傳統對其詩觀皆有或多或少的貢獻；但在其畢生經營的史詩「詩章」裏，「意象的並置」是最重要的技巧之一（在後期的「詩章」裏尤爲彰顯），而這個手法是俳句、中國詩及中國文字所獨有的。

附記

龐德的詩觀固然曾向中國詩及中國文字借火，但意想不到的是，意象主義運動亦曾輾轉波及新文化啟蒙者之一的胡適。胡適一九一六年末的留學日記裏，剪錄一則「紐約時報書評」對「意象派」的評介。該文引錄一九一五年出版的「意象派詩選」(*Some Imagist Poets*)序言裏的六條綱要，基本上仍和一九一三年間「幾條戒律」的說法相仿，其中第一條是「必須用日常說話的語言，但用字要準確，不能差不多或就用裝飾性的字眼。」胡適的總評語是「此派所主張與我所主張多相似之處。」（均見「胡適留學日記」，臺北商務印書館一九五九年重刊本，一九三九年上海亞東圖書館初版時名爲「藏暉室劄記」。）一九一七年一月胡適在「新青年」發表「文學改良芻議」，其中「不作無病之呻吟」、「務去爛詞套語」、「不避俗字俗語」幾條與龐德的一些看法極爲接近。但胡適受意象派的影響究有多大（甚或是否偶然巧合），實難下斷語。韓國學者方志彤對此事的部份來龍去脈作過考據，見 Achilles Fang, "From Imagism to Whitmanism in Recent Chinese Poetry: A Search for Poetics That Failed," in *Indiana University Conference on Oriental-Western Literary Relations*, eds. Horst Frenz and G. L. Anderson (Chapel Hill, 1955), pp. 177-189。周策縱在「五四運動史」(*The May Fourth Movement*, Camb., Mass., 1960) 第一章裏，則說胡適可能受到龐德「幾條戒律」一文影響，大概另有所本。因爲一九一五年的「意象派詩選」序言雖大體上沿承龐德的說法，但是由愛眉・洛烏爾(Amy Lowell)執筆。胡適後來發表一篇「談新詩」的文章，論及「具體與抽象」的問題，觀點也很接近龐德。胡適認爲「做新詩的方法根本上就是做一切詩的方法」，「詩須用具體的做法，不可用抽象的說法。凡是好詩，都是具體的；越偏向具體的越有詩意詩味。凡是好詩，都能使我們腦子裏發生一種——或許多種——明顯逼眞的影像。這便是詩的具體性。」胡適隨即舉例說明，認爲李義山的「歷覽前賢國與家，成由勤儉敗由奢」根本「不成詩……因爲他用的是幾個抽象的名詞，不能引起什麼明瞭濃麗的影像。」而對「綠垂風折筍，紅綻雨肥梅」等詩句及馬致遠的「天淨沙」則大表贊揚，「因爲他們都能引起鮮明撲人的影像」，是「具體的寫法」(見「胡適文存」第一卷，一九二一年初版)。最後，且讓我引 Harold Bloom 之 *The Anxiety of Influence* (New York, 1973) 序言裏的一段話爲全文作註：「詩史其實也就是影響史，因爲大詩人創造歷史時，往往是彼此誤讀誤解，從而爲自己開拓出想像的空間。」

靜止的中國花瓶

——艾略特與中國詩的意象

葉維廉

惟其憑藉外形及模式
始能使言語和音樂抵達
那靜止，一若一具靜止的中國花瓶
永久地轉動於它本身的靜止中
——艾略特：「焚毀的諾頓」

假如我說艾略特與中國詩曾發生過密切關係，一定沒有人會同意。而的確，從艾略特的生平中，並未有任何事實可以明確指出艾略特曾對中國文字下過任何功夫。我們更不易找出一如英國「玄學派詩人」那樣明顯可靠的影響。假如我說艾略特曾受龐德的「古中國集」（*Cathay*——中國詩選譯集）或范羅諾沙「論中國文字作爲詩的媒介」一文之影響，這雖然可能，但艾氏在其散文中並無明顯的表示。然而，這些並非是我要試圖證明的。本文的主要目的是要在中國詩與艾略特詩的方法中找出一項相似點而作一平行的比較研究，並且將不涉及任何可溯源的影響。本文重點是艾略特可能與龐德討論因翻譯中國詩而獲致的一項詩的道理。以我個人的想法，這是很可能的事情。艾略特毫不遲疑地稱龐德爲「中國詩的發明者」（The inventor of Chinese poetry）；並且大膽地認爲，「通過龐德的翻譯，我們終於獲得了原詩的好處」。這兩件事都足以支持我的假定。但由於我無法找到更直接的資料來確切指認兩者之間這點關係，本文不得不限於對兩種詩的相似性作一比較研究，發掘詩「原性」之一面。

艾略特曾無數次表示過，他最醉心的詩是那種能使「可解」與「不可解」的事物融會，能「延長靜觀的一刻」，使「一連串的意象重疊或集中成一個深刻的印象」。又說：「眞詩的暗示性是包圍着一個熠亮、明澈的中心之靈氣，那個中心與靈氣是不可分的」。基於這種觀念，他很高興發現了「玄學派詩人」及聖約翰・濮斯（St. -John Perse）。作爲世界文學主流之一的中國詩其實也就是艾氏理想中的詩；由於文法構成的獨特性，中國詩具有一種神奇地含蘊、微妙地親切的美。這一點我在「艾略特的批評」一文中，論及艾氏對濮斯「壓縮的方法」的意見時，曾有涉及：

> ……艾氏所提出的『壓縮的方法』其實正是艾氏的詩之方法的註脚；這種方法

使一般眞詩（尤其中國詩）產生暗示最大的力量。歐美人譯中國詩往往會碰到一個極大的困難，也就是，中國詩拒絕一般邏輯思維及文法分析。詩中「連結媒介」明顯的省略——譬如動詞，前置詞及介系詞的省略（但却是「文言」的一種特長），使所有的意象在同一平面上相互並不發生關係地獨立存在。這種因缺乏「連結媒介」而構成的似是而非的「無關聯性」立刻造成一種「氣氛」，而能在短短四行詩中放射出好幾層的暗示力……

這種早已公認爲歐美讀者欣賞中國詩之敵的「文法構成獨特性」——缺乏語格變化（declension）、時態（tense），及一般「連結媒介」的特性——卻正是使中國詩產生非凡效果的來源。本文中心就是這種特性所產生的非凡效果。由於本文涉及中外文法構成的異同，不得不應用小量的英文來說明我的觀點。試以孟浩然的「宿建德江」爲例：

移舟泊煙渚
日暮客愁新
野曠天低樹
江清月近人

試用逐字直譯來比較，譯文括號內的元素是英文語意上要求，但卻是中文沒有的：

move/boat/moor/smoke/shore
sun/dusk/traveller/sadness/new
wild/stretch-of-space/sky/low/tree
river/limpid/moon/near/man

〔I〕 moor 〔my〕 boat 〔by the〕 smok〔y〕 shore.
〔The〕 sun 〔is〕 dusk〔ing〕〔:〕〔for the〕 traveller, new grief.
Wide wilderness 〔:〕 sky low〔ers〕 tree〔s〕.
Limpid river 〔:〕 moon near〔s〕 man.

（譯文只作討論用，不是理想的翻譯，但不妨將之與那些與原文相去甚遠的英譯比較。）

從以上的排列中，我們不難發現原詩中隱藏了一些事物：㈠主角是誰？㈡「日」與「客」的關係，「客」與其他外物之關係是怎樣的？在英文翻譯中要把「我」字加插進去才通，但原文中把它隱藏着反而使整個自然中各種現象共存所造成的「情況」具有普遍性或共通性。「客」是任何人，而非限指「我」，詩中「客」所感受所遭遇的亦爲你我或其他人所感受遭遇。「舟」、「煙渚」、「日暮」、「野曠」、「樹」等起先在詩中可以有或沒有象徵的意義。「日」與「客」間之所未發表的關係必須由讀者的想像或理念來聯繫。這種用想像或理念來使之聯繫的行爲，使讀者覺察到這是一個平行暗示的「情境」，「日暮」就是「客」漸近他的「刼數」的象徵。一旦這種關係在讀者的想像中建立，其他起先有若表面描寫的意象便立刻產生作用；「客」如今表示生命是「過眼雲煙」，「煙」使我們想起卽將逐漸消萎的將來與及模糊不清的過去；每個人都是「客」，每個人都如「魯拜集」第三首所憶起的：「大地蒼天原逆旅，匆匆客歲已無多」（黃克蓀譯），不管是由於「野」曠而把天空拉長而降於「樹」頂，或是由於「樹」列之闊廣而似乎把天空拉下來，兩種想法都暗示出「未知」之無窮，和處於其間的「客」之渺小與孤獨。

但讀者必須注意的是：我爲該詩所「決定」的關係並不如我描述的那樣清楚。這些關係存在於一種使我們無法確切決定何者特別明顯的「曖昧不清」之中。它們融合成一種充滿着「不可名狀」的愁之「靜態戲劇」（static drama）。

類似「宿建德江」這種效果的詩在中國詩中不可勝數，這些詩對詩人而言，就是詩人與讀者在世界中純粹的存在或出現。詩人很少舉出明顯的、固定的或個人的關係，卻重新把現實中一個揷曲或片斷的「眞性」與「原形」捕捉和記錄於詩中，詩中的「自然」是一個純然的「存在」，而非「指述」的或「賦名」的存在。再舉李白的「玉階怨」爲例：

玉階生白露
夜久侵羅襪
却下水晶簾
玲瓏望秋月

舉龐德的譯文作比較：

"Jewel Stairs Grievance"
The jewelled steps are already quite white with dew
It is so late that the dew soaks my gauze stockings
And I let down the crystal curtain
And watch the moon through the clear autumn.

這首詩並不「指述」什麼。它在我們眼前展開，我們暫時被置身於一種靜止中，「一若一具靜止的中國花瓶永久地轉動於它本身的靜止中」；每一個意象都似乎爲自身而存在；唯一的關係可能見於題目與詩中的靜所造成的「情境的逆轉」。龐德在譯文後附上一段小註，該段小註比之譯文更具啟發性：

「玉階」表示宮殿；「怨」，有些事物要埋怨；「羅襪」是宮女埋怨而非普通僕人；「秋月」玲瓏，表示天氣奇佳，沒有理由對天氣埋怨；且她一早就出來（露濕羅襪）。這首詩好處在於「不直接」的怨。

但這種小註顯然是不够的，因爲尚有那些弦外之音（nuance）——幕後的不易分清的情緒——未表達出來。

對於中國詩捕捉現實「眞質」的另一種方法，是融會一組「自身具足」的意象（self-contained images）來達成一個總效果。所謂「自身具足」的意象是指一個能單獨背負近乎一首詩的戲劇動向的意象。譬如「野曠天低樹」就能暗示出人類在無窮宇宙中之不重要；而杜甫「邊秋一雁聲」就能表現出戰時的蒼涼。這種意象，作爲一個詩思，是獨自存在，亦爲自身存在的，但當這些單獨的意象與其他的單位組合起來，往往會使詩更豐富，效果更高揚；中國詩常藉這些「自身具足」的意象構成一種「情緒」或「氣氛」或一種模糊不清的存在。這種意象在艾略特極欣賞的聖約翰・濮斯的詩中，和他本人的詩中頗常見。當我們讀到濮斯的詩時：

Des Villes hautes s'eclairaient sur tout leur front de mer, et par de grands ouvrages de pierre se baignaient dans les sels d'or du large.

高矗的城市燃焰於太陽沿海之濱，昂大的石建築浴於張開之海的金鹽中。

我們如同被置遠海之外廣視世界的總和。同樣的效果可見於「野曠天低樹」句及張籍的「楓橋夜泊」中：

月落烏啼霜滿天
江楓漁火對愁眠

或見於宋詩人林逋的：

疏影橫斜水清淺
暗香浮動月黃昏

這些意象本身不藉賴詩其他部分的關係而捕捉了一種「自身具足」的氣氛。這些意象的存在純然是詩人出現於世界之中；中國詩中這種意象極多。我們再看這種意象如何在整首詩中產生作用，以漢武帝的「落葉哀蟬曲」爲例：

羅袂兮無聲
玉墀兮塵生
虛房冷而寂寞
落葉依於重局
望彼美之女兮安得
感余心之未寧

頭四行每一行背後都隱着一個同樣的故事：一種輕快美麗的存在的消失。但每一行都有一種近乎「釋珈拈花，迦葉微笑」或「此中有眞意，欲辨己忘言」，或密爾頓的所謂「默而言」（silent yet spoke）的繞繞未盡的靜態。

經過這番例證以後，我希望讀者已了解，中國詩中這一點正能「延長靜觀的一刻」，正能「使意象重疊和集中成一個深刻的印象。」中國詩這一面的特色可以簡列如下：

㈠缺乏「連結媒介」反而使意象獨立存在，產生一種不易分清的「曖昧性」；

㈡帶引讀者活用想像去建立意象間的關係；

㈢用「自身具足」的意象增高詩之弦外之音；

㈣詩人與世界的關係是他純然的出現其中。

後三者其實要藉第一點而產生：「連結媒介」的隱藏。或者，很多讀者已經準備提出下面的疑問了：這個理論怎能應用於艾略特的詩上呢？既然現代英文中「連結媒介」的省略必然會使語言的力量失效（而艾略特的語言卻非如此），那麼我所說的相似性是指什麼呢？本文下半要談及的就是這些問題。

「連結媒介」之省略在艾氏的詩中當是不可能的事，但他卻曾企圖利用意象的排列來造成一種近乎中國詩中省略了「連結媒介」所獲致的效果，也確是事實。艾氏以下列二法使其意象獨立及突出：

㈠使慣用文法的某些「連結媒介」變得含糊或使之壓隱不顯，意象間的關係因而增多。名批評家馬菲遜(F. O. Matthiessen)在「艾略特之成就」(*The Achievement of T. S. Eliot*)一書，也發表過與作者頗相近的論點。他說：「艾氏很少依靠別出心裁的奇詭的比喻……他最能使讀者驚異的方法是盡量利用弦外之音或餘弦。」他舉出「荒原」中打字員回家的一節爲例，並作一個頗有趣的分析，該段雖然亦可解釋本文某些論點，惟因所持角度大不相同，從略。（可參閱該書

第一章註十六）。我要舉出討論的一段是「荒原」中「一局棋戲」的首段：

The chair she sat in, like a burnished throne,
Glowed on the marble, where the glass
Held up by standards wrought with fruited vines
From which a golden Cupidon peeped out
(Another hid his eyes behind his wing)
Doubled the flames of sevenbranched candelabra
Reflecting light upon the table as
The glitter of her jewels rose to meet it,
From satin cases poured in rich profusion;
In vials of ivory and coloured glass
Unstoppered, lurked her strange synthetic perfumes,
Ungent, powdered, or liquid……

（拙譯：

她坐着的椅子，如光滑的御座

在大理石上發亮，附近有一面鏡
用雕着纍纍的葡萄的鏡臺承住
葡萄間有一個金色的邱比特探出
（另一個把眼睛隱在翅膀後）
這面鏡把七柱燭臺的火焰變成雙重
反映在桌上的光輝，正好與
她底珠寶升起的燦爛相遇，
由緞盒子的豐富寶藏中傾瀉出來；
象牙的彩玻璃的瓶子
一一打開，匿伏着她奇妙複雜的香品，
（軟膏，粉劑或者流質的——）

艾氏迫使讀者的注意集中於那些爲自身存在的意象上，「光滑的御座」，上了臘的「大理石」，精緻的「鏡臺」，「七柱燭臺」及珠寶香味所產生的氣氛是一種「情境」，是「現實的總和」的捕捉；詩中「極盡豪華奢侈」的感覺是暗示出來的，而非經通「指述」或「決定」的。作者並不「引帶」讀者去認知這個現實，這個現實突然完全地開向眼前。（由於原文中文法所構成的晦澀翻譯中無法做到，讀者宜參閱原文）。我們可以注意到詩中的動詞 glowed 已經再沒有可以建立關係的作用了，它的個性已被前面的形容詞 burnished 所奪取；poured 可以作動詞及分詞看，由於這點含糊性，傾瀉出來的可以說是「光」、「珠寶」、「緞盒」或「香味」。這一來 powdered 的含糊的任務就使整個氣氛濃密起來。（翻譯中的意象顯然比原文的意象單薄，英譯漢詩的情形亦然，這是迫不得已的事。）

一如艾略特在另一首詩「一個婦人的造像」中所說的，上面一節詩的意象「使景物自己安排起來」，而能容許盡多的餘弦。我們再舉一節不需原文就可以清楚的詩：

序曲

冬天的傍晚墜下來
有牛排的脂臭充走廊。
六點鐘。
煙燻的日子的短煙尾。
而今又疾風陣雨吹
纏住髒碎
圍在你足邊的葉

和廢地上的新聞紙；
豪雨抽刷
破百葉窗破煙囪，
街之一角落
有匹駕車的孤馬汗騰騰把腿踩
然後路燈齊亮。（銅馬譯）

像上面我討論過的三首中國詩一樣，「序曲」展露一束很親切的意象，但這些意象之間卻不發生任何具有戲劇動向的關係；它們都是在同一平面上單純的存在。所以，像中國詩一樣，假如我們要了解其間的關係，就要活動我們的想像去建立關係。在這一首中，一如艾略特其他的詩，最好的開始是提出這個問題：「看見這些事物是什麼樣一個人？」艾氏詩中主角都隱藏在詩的後面（和「宿建德江」一樣），他的主角幾乎毫無例外是某種社會裏某類型的人。普魯福克（Prufrock）（「普魯福克的戀歌」的主角）和其他的角色都是一個頹廢萎靡的社會的代表。主角的隱藏使讀者看到詩人所看到的世界。讀者目前所看到的事物正暗示着一種文明但缺乏生之目的的生活形態。詩中有一種類似「玉階怨」的靜止，在那靜止中一種白里蒙（Abbé Brémond）稱之爲「不可名狀的表現」（L'expression de l'ineffable），或是一種不可解的愁立刻被喚起。

同樣，艾略特「普魯福克」那束詩中，由於把保有眞質的意象組合，我們可以看到被囚於沉悶、式微的文化中一個意志不定、怯弱的漢姆萊特之微妙的戲劇。在我們眼前展露的是「過份精緻的文化中」的客廳，花與洋臘的背景；與半老徐娘情話綿綿的挿景；「如在金色稻田中在風中搖搖擺擺」的晚報的讀者；「門房坐在餐桌上抱女僕於膝」；而「鐘在壁爐上嗒滴不停」——這些都在暗示着一種垂死的悲弦。戰後文化的質素藏在「破百葉窗破煙囪」，「太陽照不到的天竺葵」，「小溝旁的痲雀」，「連衣袖從窗口伸出來的寂寞的人」，「閉室中的婦人」，「路人無目的的笑」等等的後面。對於這些詩，我們不一定要逐字了解，所有的純粹的意象就足以構成世紀的脈膊。（「荒原」的情形亦然）

馬拉美的敎訓是：詩人應該讓他曾深人觀察過的物象孤立起來，然後把它壓縮成它本身的眞質，那具有暗示力的詩人與物象的微妙關係能够迫使讀者用他從未有過的眼光去看那物象。白里蒙認爲一首詩應是文學創作前的「抒情的出神狀態」（lyric trance）。喬艾斯（Joyce）促使藝術家去發現「事物之靈魂」和認知事物之原性。普魯斯特（Proust）指出「藝術之神秘可以見於一幅黃色的牆上，或是寄存於一片糕餅的味道中，或在一叢山櫨中，或在馬丁村敎堂尖塔變幻的陰影中。」而最後，中國詩的啟示是：詩人存於一純粹的世界中。艾略特的方法可以用其中任何一種來說明。

我們已經看到一首詩如何由於意象間關係之斷絕（如「序曲」），或由於文法上的含糊（如

「一局棋戲」首段），可以產生暗示的最大力量。但可能有人會問：艾氏許多詩聲調流暢，正因爲他把「連結媒介」應用得法所致，那應怎樣解釋呢？其實艾氏用的「連結媒介」只具有滿足某些讀者的思維習慣，而無關係建設性。於是我們又可以看出他孤立意義的第二種方法：

（二）使「連結媒介」變成「過渡語」，一如渡船把旅客由一個島帶到另一個島，渡船本身在旅客腦中並不留任何深刻印象。

艾氏的詩中尤其喜歡利用「向前移動」的觀念作爲他的意象的洩露，這點是頗爲有趣的。譬如「普魯福克」詩篇中、「荒原」的首段及每首「四重奏」的首段均以此觀念爲主，舉「荒原」爲例：

Summer surprised us, coming over the Starnbergersee
With a shower of rain; we stopped in the colonnade
And went on in sunlight, into the Hofgarten,
And drank coffee, and talk for an hour.

（夏天使我們驚異，從史坦白哲湖
帶來一陣驟雨；我們在柱廊停下
天晴時然後前行，進入藿芙園

喝一口咖啡，閒談一小時。）

coming over（帶來）、stopped（停下）、went on（前行）、into（進入）並沒有任何關係建設的作用；它們來去是同時的，而開始於讀者的腦中是一束光網中的親蜜的生活畫。同樣，在「焚毀的諾頓」中：

一些在記憶中廻響的足音
溜下我們從未行過的通道
就由那度我們從未開過的門
進入玫瑰園，……
快快，那隻鳥說，尋它們，尋它們
在轉角之處。穿過第一度門
進入我們第一個世界，我們要否跟從
那畫眉的欺騙？進入我們第一個世界。
它們就在那裏，高貴，不可見，
移動後沒有急迫，在那些死葉上，

處於秋的炎熱中，穿過那顫動的大氣，
而那隻鳥叫喚了，去回答
那聽不見的隱於矮林間的音樂
和看不見的目光交錯着，因爲那些玫瑰
有着現在被見到的花的容貌。
它們就當如我們的客人，互相招待着。
於是我們和他們走動，以端正的款式，
沿着空徑，伸展入小屋一帶，
俯望入那個乾涸的池塘裡。……
而蓮花靜靜地，靜靜地升起
表面閃爍着，從光的中心。

（王無邪譯）

一束明亮親切的事物突然赤裸地從大地的衣衫中脫出，跳入我們的眼中：玫瑰園，回聲，矮叢林，花的容貌，小徑，彩色的小屋，蓮花升自滿陽光的水等——每一意象都供給了我們不少不可名狀的餘音。但我們再發現了許多「過渡語」：如「溜下……通道」、「由」、「進入」、「

沿」、「伸展」。這些字的作用就如渡船把我們帶到許多島去。這一個意象就如一個島。

在文初，我提及「自身具足」的意象。而通過艾略特的意象，我們通常都能感應到某一種類型的文化。譬如：

　　煙燻的日子的短煙尾

就足以暗示世紀之黃昏，又如

　　當黃昏在天空伸展開
　　一若麻醉的病人在手術臺上

正可喚起對式微社會的精神病患與無效。較堂皇的這類意象可見於「四重奏」。「小吉丁」(Little Gidding) 中有關兩個極端的拉緊之幻象就是此類的典型：

　　仲冬之春……在兩極與熱帶之間
　　當短日極亮，如霜似火，

簡短的太陽燃焰於薄氷，於池中和水溝上
在心之熱的無風之冷中，……，
使人盲眩之目光……聖神之火
在年中黑的時刻。在溶與結之間
在靈魂之液中顫抖。

這段詩的力量在于把兩極端的事物緊緊拉在一起：兩極——熱帶；霜——火；冷——熱；火——黑暗；溶——結。這種意象並列之方法把讀者置於一個比之濮斯那句詩更大的世界。我們現在處身於無盡循環的天宇之下。

從上面的例證中，我們可以得到一個結論，艾略特的詩之完整性賴於意象之安排不少。艾略特突出的感性使他喚起意象最大的組織力、暗示力，及純粹性。他的詩再一次給與意象新的生命，再一次發掘出中國詩、馬拉美、喬艾斯及普魯斯特等的共同藝術的眞理。

尤金・奧尼爾與中國

傅瀾思
Horst Frenz

一

在尤金・奧尼爾（Eugene O'Neill）的一生中，有兩件重要的事件反映出這位劇作家對亞洲的興趣：一是他在一九二八年的遠東旅行，另一則是在一九三七年秋天至一九四四年二月間他和卡樂妲（Carlotta）住在他所蓋的「道廬」（Tao House）中。在遠東之旅時，他和卡樂妲在星加坡、西貢、香港作短暫逗留後，在上海上岸。他最初遇見了以前在格林威治村（Greenwich Village）〔譯者按：此地是紐約市曼哈頓的一個住宅區。在一九〇〇年後不久，成爲美國美術、文學和政治叛徒的聖地，文化的重鎭，和狂放運動（Bohemian Movement）的中心。美國戲劇在這裏更得到發揚。〕居住時認識的一個加拿大人巴特森（Batson）。當時那人在華北日報（*North China Daily News*）任記者之職。起初，他答應奧尼爾不發布他到達上海的消息，但幾日後（一九二八年十一月二十二日），巴特森在報上說：「一向對宣傳有反感的奧尼爾已抵上海，並在一旅店中養病，該病乃因在星加坡時過度曝曬在烈日下所引致。……」在提到「異常揷曲」(*Strange Interlude*)是現代劇作中的大膽改革後，他介紹了奧氏的早期劇作，和簡單地描述他的創作生涯。最後說：「這次環球之旅是奧尼爾對在不同環境下的各種生活的觀察和體驗。在上海期間，他熱切地想安靜地生活和恢復健康。……」

在上海，奧尼爾感到不安；他受到個人問題的困擾，酗酒使他已經減弱了的健康變得更壞，因此不得不入住醫院。顯然，「遠東的現實並配不上那由他的浪漫思想所擬定的〔藍圖〕」❶。正如奧氏夫婦的好友施美美❷曾說過的：「尤金和卡樂妲像一對遊客一樣來到東方」❸，他們「對中國有一個天真而浪漫的看法——智慧和壯觀等等都是由他們膚淺地和浪漫地虛擬出來」❹。

卡樂妲叫道廬是「一所假中國式的房子」。它是用白色的三合土磚塊和黑色的瓦建成的；門和窗板都漆作橙或紅色。深藍色的天花板、那些和粗糙的石塊作一比照的細緻而大方的中國式傢具❺，連同各個房間的鏡子都增加了屋內的東方色彩。在屋後，「依照着『邪惡只行直路』的中國諺語鋪了一條彎曲的磚徑」❻。

---

❶ 見 Louis Sheaffer, *Son and Artist* (Boston: Little, Brown, 1973), p.314.

❷ 施美美是畫家兼小說家，著有 *The Tao of Painting: A Study of the Ritual Disposition of Chinese Painting* (1956). 她繪的奧尼爾像現存於紐約市博物館，複印本流傳甚廣。

❸ 見 Arthur and Barbara Gelb, *O'Neill* (New York: Harper and Row, 1962), p.686.

❹ 同書，頁八二五。

❺ 同書，頁八二四。

❻ 見 Sheaffer, p.472.

施美美又曾對一友人衷心地說：奧氏房子的「道」字並不很恰當。顯然地，她對他們的東方興趣抱着容忍的欣悅❼。

這兩件事顯然不足以令我們相信，奧氏對亞洲除迷戀外還有其他。我想到他的劇作——「百萬馬可」（*Marco Millions*）——中談及東方思想，和運用到他對東方宗教的廣泛閱讀知識。奧氏自己在一九三二年六月二十四日給卡本特（Federic I. Carpenter）的信中曾承認：有一個時候他感到需要掌握東方思想以作爲寫作的哲學背景。他曾閱讀很多東方哲學和宗教的書籍，但沒有作深入的探討。這封信以一句結語很清楚的道出個中原由：「老、莊的神秘主義比其他的東方學說更令我感到有興趣」❽。

另一證據（但我沒有看到過）是：根據傑爾伯（Gelb）的說法，奧氏有十九頁有關秦始皇要強力推行改革的劇本草稿❾，述說他強迫農民遷徙，大興土木，焚書和很多暴政。奧氏所提到羅馬斯多噶派（Stoics）和中國儒家的資料，可提供一條線索來說明他可能要把這兩組人物並列，正如他在「百萬馬可」中把各種敎派排並在一起那樣。他可能計畫寫一個劇本——這純是我個人

❼ 見 Gelb, p. 825.

❽ 引文見 Carpenter, "Eugene O'Neill, the Orient, and American Transcendentalism," in *Eugene O'Neill: A Collection of Criticism*, ed. Ernest G. Griffin (Toronto: McGraw-Hill, 1976), p. 42.

❾ 見 Gelb, p. 847.

的推測——這會給「百萬馬可」中的睿智而平和的君主一個對照，同時指出秦始皇的草菅人命和暴虐的史實。

二

正如奧氏常常解釋說：他和大多數現代劇作家不同，他並不關注人和人的關係。在他的一生中，人和神的深厚關係不斷地困擾他。在一封被奈敦（George Jean Nathan）的「親切的記事册」（Intimate Notebooks）所引述過的信裏，他承認這個關係使他念念不忘，並說：「今日的劇作家一定要對他感到的現存的疾苦挖根——舊的上帝的死亡，而科學和物質主義又不能給予人類的原始宗教本能一個新的上帝，以致他們在生命中找不到意義，又未能排除對死亡的恐懼。」[10]他繼續說：「我以爲現今要寫出傑作的人一定在所有戲劇或小說的小題材的後面有着這個大題材，否則，他只不過在事物上塗鴉，和酒會中的娛賓者（parlor entertainer）比較，高明不到那裏去。」

這個在他的劇本中所表現的小題材後面的大題材，不折不扣的是生命本身——不管從心理、精神、或宇宙方面的態度來說。對亞里士多德來說，悲劇是人類行爲的模擬，但對奧氏來說，在一個舊宗教開始崩潰，而新的意識形態又不能對精神給予滿足的社會中，劇本的寫作便要面對生

[10] 轉引自 Joseph Wood Krutch 替 Eugene O'Neill 的 *Nine Plays*（New York: Modern Library, 1954）所寫導論（頁一七）。

命的最後眞實。既然奧氏以人生的全部意義作爲他的創作範圍，因此，當我們發現他的劇本中恒常地反映和通過它的特殊的戲劇三稜鏡去折射一些觸及到其他作家和哲學家的思想時，我們不會感到詫異。眞的，這個三稜鏡更似一個永遠在變化中的萬花筒，在它裏面我們可以看到一個多方面的然而又難於捉摸的奧氏在工作着。把他乾脆地歸入某一思想範疇內是一件不可能、也是錯誤的事。

但是，研究奧氏的學者都習慣了把他的各種思想和其他人的加以認同。以「異常插曲」來說，古律殊（Joseph Wood Krutch）主張這劇本基本上表現佛洛伊德學說⓫；而阿歷山大（Doris Alexander）卻認爲這個劇本的思想結構是依據叔本華哲學⓬。這樣的尋索奧尼爾的理路，往往使我們輕易地忽略了一個要點：不管怎樣，奧氏是一個戲劇家。他的主要任務不是析論某一理論或某一套哲學，並且把它明確地推出一個合理的結論來。他的專注並不在於生命的基本要素，而在於當人類掌握生命的眞實時，所表現出的生動而又圍繞在周遭的壯觀。在表達這些複雜、難於捉摸和基本的眞實時，他的劇作常常廻響着某些在哲學和藝術中已有長遠歷史的見解。

事實上，這些廻響是無可避免的，因爲生命是一個共同的主題的緣故。但如把它們和某些思

⓫ 仝上，「導言」頁一八。

⓬ 見 Doris Alexander, "*Strange Interlude* and Schopenhauer," *American Literature*, 25 (May 1953), pp. 213-228.

想等同起來，就不單削減了它們的意義，更把它們歪曲。奧氏曾恰當地說，他自己是一個熔爐，在裏面，舊的、新的、東方的、西方的思想在接觸和混合着，直至到彼此的矛盾消融，而且可以適應他自己特殊的目的。只有在這種範疇裏面，我們可以開始評論奧氏和他與亞里士多德、尼采、和老子這些思想家的關係。

深深植根於西方文化的奧尼爾和很多西方思想家有同樣的思想傾向，是理所當然的。但他同時又向東方傳統學習，這表現出一種相當有意義的叛離。在好幾方面，這是一種對他所看到的美國社會的深深的困惑所故意作出的姿態。對他來說，美國的表面成功實在是失敗。在一九四六年一次訪問中，這位劇作家用可以令其劇作意義得以加強的語言，公開表示其失望：「我心中有一個理論：美國實在並不是一個最成功的國家，而是一個大失敗，……爲的是它較其他國家得天獨厚的緣故。……它的主要思想是把擁有外界事物看作擁有自己的靈魂。美國是最主要的例子，因爲這些事發生得驟然，同時又發生在這個擁有龐大的資源的國土上。聖經說得更好：人若賺得全世界，賠上自己的生命，有甚麼益處呢？〔譯者按：見馬太福音十六章二十六節，及馬可福音八章三十六節。〕我們就是個最好的例子」⑬。後來他又說：同樣的哲學可在佛教、回教和老子的基本思想中找到。他對美國的失望帶引他到物質落後的東方去。在那裏，精神上的教訓似乎給予

---

⑬ 見 Barrett H. Clark, *Eugene O'Neill: The Man and His Plays* (New York: Dover, 1947), pp. 152-153.

愈來愈無意義和黑暗的社會一條有希望的出路。

如果我們要集中注意奧氏劇作裏的道家的——或者可以說，東方的——思想，我們會很難證明他對這方面有一完備的知識。但我們無意去決定這個美國劇作家對道家的知識究竟有多少。我們的目的是把他對這套古代中國的哲學的態度，看作是他對西方的生命意義的一種有增無已的焦慮的一個指標。在很方多面都明顯地看到他對道家哲學所涉及到的精神安寧有一眞實的興趣。最顯著的表現是他在一九三六年在三藩市附近的但維爾（Danville）所蓋的「道廬」。

在那確實是自傳性的「時日無終」（*Days Without End*）中，主角勒文格（John Loving）是作者的化身（persona）。正如拉利（John Henry Raleigh）所提出的，勒文格精神上的流蕩無依，也是和奧氏自己和很多與他同時代的人的情形一樣。在對一連串社會學的計畫失望以後，勒文格躱到一個離家愈遠愈好的「逃遁之處」。他最初遁入東方神秘主義和老子的道家哲學中，其後轉入佛敎和獨自靜觀的欣悅裏，但正如一般所料，東方的吸引力並不持久，勒文格很快便再轉向西方[14]。對他和奧氏來說，向東方求「道」是在西方世界的中心再不能維持其吸引力時的離心運動。

事實上，奧氏對東方的嚮往比在一九三四年寫「時日無終」時還早。正如最近夏安民所指

---

[14] 見 John Henry Raleigh, *The Plays of Eugene O'Neill* (Carbondale and Edwardsville: Southern Illinois University Press, 1965), p.6.

出，那時他對東方、中國和道家思想的提及已很頻密，這可在「超越地平線」（*Beyond the Horizon*）（一九一八）、「泉」（*The Fountain*）（一九二一——二二）、「百萬馬可」（一九二一——二五）、「拉則祿之笑」（*Lazarus Laughed*）（一九二五——二六）、「異常插曲」（一九二五——二七）和「發電機」（*Dynamo*）（一九二八）中看到⑮。

舉例來說，在「百萬馬可」中的市儈馬可，被教皇視爲西方智慧代表而派往東方，這當然充滿反諷。在這劇中，物質主義者馬可是無可救藥的。他完全沒有受到忽歌琴（Kukachin）的精神美所感染，而朱尹（Chu-yin）的道家睿智也永不會達到他的庸俗的思想中。末段更不留餘地，指明這十三世紀威尼斯商人的精神還繼續存在於今日西方世界中，在那裏，物質財富所給予人的舒適已變成人生的焦點。

在這劇裏，有很多幕甚堪回味。其中一幕描寫在馬可作爲忽歌琴的護送者，隨皇家艦隊將要航往波斯時所表現的西方式虛張聲勢和東方式微妙的寧靜之強烈比照。朱尹看到馬可在震耳欲聾的噪音前導之下進場時，他用恰似答覆自己腦袋裏一個問題所用的聲調「紆尊降貴」地向馬可說：「我寧要猴子，雖然他們不慣居家，但他們不會太嘈吵。」⑯馬可對朱尹卻完全不了解。他用一種典型的粗魯和不客氣的態度，「紆尊降貴」地裝出笑臉，說：「那是甚麼——更多的哲學？

⑮ 見 An Min Hsia, "Eugene O'Neill and the Tao," Diss. Indiana University 1979.

⑯ 此處及下面兩處引文皆見 Eugene O'Neill, *Nine Plays*, p. 267.

——唉！我眞喜歡回家聽聽我懂得的音樂，我的腿不能跟上你的調子……不過，我想這樂隊〔的演奏〕是個好主意——它多少可以令公主歡心，同時使人們知道她在此時離開此地。看到人們聚集嗎？這也是由我令他們不回家睡覺〔而來的〕。」這時候，朱尹的反應最値得注意，他諷刺地卻又安詳地說：「你也把公主弄醒了。」⑰

朱尹（一個中國精敏的智者）和馬可（一個魯莽的俗氣使者）的短暫對話，總結了東、西方思想眞正彼此接觸的不可能性。對奧氏來說，習慣於行動的西方不足以了解東方的「因時處順」的智慧的微妙性。對朱尹來說，馬可應有一個機會來發展他自己的思想傾向；而這個聰明的被動態度純粹是道家的。但當他知道馬可是「朽木不可雕」時，他放棄了這想法。把他和馬可做小鎭市長的舉止作一比較時，我們知道他屬於完全不同的另一類人物。作爲一個駙馬爺，馬可的行爲也標誌着某些很不順眼的干擾。聚集一大羣人來送別公主，只是一種對外的表演。它的儀仗諷刺地破壞了公主的寧靜。奧氏就這樣用一種非常機智的手法把東方的道家智慧和西方文明的膚淺性的基本差異作一比照。

含有如此機智的一幕同時顯示出有關奧氏這劇作家的一些特殊事情。首先，它表達出他對馬可所代表的思想的厭惡。對馬可來說，朱尹和忽歌琴所有的東方美和智慧不是荒謬的，就是無作

⑰ 同書，頁二九七。

用的。給他最好的印象是那些能產生「百萬千萬資金」的「百萬億萬的蠶」。其次，值得注意的是奧氏對西方文化的厭惡，有相當程度的客觀性和冷漠。這使他能越過自己所能達到的範圍。可確定的是，他用遙遠的東方作爲背景，可能不外是一個戲劇的手法；但是，當我們看到他時常提及東方和道家，並且明白地說出建造「道廬」是要寧靜下來，我們可以假定他本身有着一種對道家生活的眞確興趣。

正如和他同時代的龐德（Ezra Pound）一樣，奧氏感到東方可能給西方社會一些亟需的指引。但對奧氏來說，西方對東方知識和了解的缺乏，使東西兩個世界的接觸遠遠不能達到。勒文格重讀希臘哲學，和馬可在中國小住後重返威尼斯就是例子。這個美國劇作家可能覺得在其他的東方哲學中，道家思想能給予物質主義的西方的弊病一種救藥。但是正如勒文格一樣，奧氏對這種救藥並沒有足够的信心，因而並沒有作出一個有意義的承擔。他對道及東方的知識只限於一種迷戀——即使這是眞確的事。這意味着他對自己所能及到的環境的一種抗拒和冷漠——這兩者的組合只能在一個感情深厚、眼光遠大的作家才可以看到。

（陳炳良譯）

（譯者按：原文發表於一九七九年秋季十卷一期之「淡江評論」，本文是前兩節的翻譯。又原文多長句，譯文亦保持其風格。）

體驗和創作

——評王紅公英譯的杜甫詩

鍾玲

一、一部經典著作

美國詩人王紅公（Kenneth Rexroth, 1905-1982）英譯的杜甫詩，在近百年來出版的各種漢詩英譯集子之中，其成就可能僅次於埃茲拉・龐德（Ezra Pound）譯的「古中國」（*Cathay*），這是就下列三方面而言：兩者都運用了生動而優美的語言，兩者都備受讀者的歡迎，兩者都對後輩詩人產生了深遠的影響。王紅公英譯的「中國詩百首」（*One Hundred Poems from the Chinese*）於一九五六年出版❶之後，各方反應熱烈。美國詩人威廉・卡洛斯・威廉斯（William Carlos Williams）讚揚此書說：「在我有幸讀到，用美國現代語言寫作的詩集之中，這本書能側

❶ 紐約，New Directions 公司出書。

身最富於感性的詩集之列」❷。他又如此盛讚王紅公譯的杜甫詩：「王紅公翻譯的杜甫詩，其感觸之細緻，其他譯者，無人能及」。威特・賓納（Witter Bynner，詩人，「唐詩三百首」譯者）深受王紅公譯詩感動之餘，禁不住讚嘆：「這些譯詩，令人感到我們的心靈在古代的山水中復活了。我們與古人情感交融，化身爲一。我卽此古人，彼歸何處？此古人卽我，我何去何從？」❸。

不少批評家和詩人都同意威廉斯的話，認爲王紅公的譯文本身就是一流的英詩創作。而「中國詩百首」流行很廣；有些譯詩在其它詩刊上轉載，有些譯詩收入英詩選集之中，有些譯詩成爲評論家分析的對象，有些譜成樂曲；此集中王紅公譯的宋詩，曾再度轉譯爲芬蘭文❹。一九六九年美國出版了一本當代美國詩選，書名叫「赤裸的詩：近年美國開放體的詩歌」（*Naked Poetry:*

---

❷ "Two New Books by Kenneth Rexroth"（王紅公兩本新書），*Poetry* 第九十卷（一九五七年六月），一八〇頁。

❸ "This Ancient Man Was I"（此古人卽我）*Chinatown News*，（一九五八年三月三日），十一頁。

❹ 下列雜誌轉載了他譯的杜詩：*New York Times Book Review, Observer, Pilot* 等。下列詩集收了他譯的杜詩：*Poetry for Pleasure* (Garden City 的 Hallmark Cards出書，一九六〇年）以及 *Naked Poetry: Recent American Poetry in Open Forms*, Stephen Berg, Robert Mezey 編（Indianapolis 的 Bobbs-Merrill 出書，一九六九年）。在 John Ciardi, *How Does a Poem Mean?* (Boston 的 Houghton Mifflin 出書，一九五九年）一書中，分析了三首王紅公的譯文。Charles Boone 在一九七一年 Ujai 音樂節上，表演兩首杜詩英譯譜成的曲子。Pertti Nieminen 把宋詩譯文再譯爲芬蘭文，書名是*Syksyn ääni* (Otava，一九六六年）。

Recent American Poetry in Open Forms），此集選了十六首王紅公的作品，而其中十四首竟是「中國詩百首」中的譯作。由於此集中十九位詩人作品是依照齒序排列，而王紅公年齡最長，所以他的作品排在第一。試想你打開一本當代美國詩人選集，第一頁映入眼簾的，竟是唐朝中國詩人杜甫的作品！

「中國詩百首」對許多美國詩人都產生相當的影響，其中又以杜甫詩的影響至鉅。不少詩人公認不諱這本書對自己的影響。美國詩人莫溫（W. S. Merwin 1929-），在一封一九七九年的信上，細述他對這本書的感受，是時此書已出版二十三年了；「有一天晚上，我又拿起他那本『中國詩百首』，已經隔幾年沒讀它了，我坐着一口氣又由頭到尾看了一遍，我心中充滿了感激，更感受到此書中，那種鮮動的生韻和生命力，而這本書我已經熟讀多年了」❺。

另一位美國詩人約翰．海恩斯（John Haines 1924-）說，他寫詩的風格，偏向純樸、簡潔、明晰，就是受了王紅公所譯杜甫詩的影響❻。王紅公所譯漢詩對後輩詩人的影響力，實際上是與時俱增；而「中國詩百首」本身亦成爲一部美國詩歌的經典著作，因此特別值得我們研究和注意。龐德所譯「古中國」（包括漢樂府和李白詩等）與原文對照，則誤譯之處比比皆是。而王紅

---

❺ "From a Letter"（引自書信），*For Rexroth*, Geoffrey Gardner 編（紐約，the Ark 出書，一九八〇年），六十頁。

❻ "Homage to the Chinese"（向中華致敬），*For Rexroth*，四十二頁。

公的翻譯，亦有此病，因爲王紅公的翻譯態度與一般不同，他把所參考的原文材料，當作是素材，當作是供他想像力高飛翺翔的出發點。約翰‧畢曉普（John L. Bishop）在他所寫的「中國詩百首」書評之中，曾指出不少此書中誤譯之處❼。因此，本文討論重點不在比照原文，指出王紅公譯文謬誤之處。而王紅公翻譯的原意，也不以文字之「信」爲其目標，他曾標明他翻譯的目的；他希望他的譯文能忠於原作的精神，而且譯文本身必須是有水準的英文詩❽。

王紅公參考的原文材料，大多不是杜甫的中文原文，而是別人所譯，杜詩的英文譯本、法文譯本，或德文譯本。奇怪的是，王紅公譯文之中，譯得最動人，最優美的，反而常是他自由發揮，與原文差異極大的片段。在這些片段之中，他已越過翻譯的界限，進入創作的領域了。本文要探討的是，下列環繞王紅公的翻譯和創作的問題，諸如：他如何把素材鑄造爲動人的、精美的詩句？他如何把背景時代殊異的文化結晶，用活生生的現代美國語言表達出來？王紅公對中國詩的一些特殊見解是否左右了他的翻譯內容和技巧？他對杜甫人格的體認，是否影響到他選詩的標準和內容的表達？最要者，他用了那些創新的手法，致令他的翻譯成爲經典著作？

二、他根據什麽版本？

王紅公一共譯了三十六首杜甫詩，其中三十五首收在「中國詩百首」之中，一首收在一九七

❼ *Comparative Literature*，第十册（一九五八年），六十一至六十八頁。

❽ "Introduction"（序），「中國詩百首」，xi頁。

〇年出版的「愛情和流轉的歲月：中國詩又一百首」（*Love and the Turning Year: One Hundred More Poem from the Chinese*）之中[9]。我已在前文指出，他翻譯漢詩時，時常大幅度地删改他參考的版本。這些誤譯之中，有些例子他是明知故犯，他明明瞭解原文的涵意，但爲了達成某種藝術上的效果，卻故意改動了原文。有些誤譯，則是因爲他問道於盲，他用的版本不是杜詩的中文原文，而是別人用英文或法文翻譯的杜詩，而這些譯文之中有譯錯的地方，王紅公也就跟着錯下去了。因此，研究他譯文的第一步，應該先把王紅公每一首詩所根據的版本一一查明。只有明辨他根據的版本，我們才能探討王紅公如何修飾，如何改進他根據的版本，才能探討王紅公獨創的翻譯技巧。

王紅公根據的版本涉及多國語言——包括中文、英文、法文、德文。他自己曾道及他譯杜甫詩參考了四種不同的版本：㈠郭知達編的「九家集注杜詩」（收在「杜詩引得」第二册），㈡洪業（William Hung）英譯的杜甫詩，㈢弗洛倫絲・艾斯蔻（Florence Ayscough）英譯的杜甫詩，㈣歐文・馮扎克（Erwin von Zach）德文譯的杜甫詩。此外王紅公還與他的中國朋友，如 C. H.

---

[9] 第五十七首 “Spring Rain”（「春夜喜雨」，「九家集注杜詩」卷二十三），*Love and the Turning Year*，（紐約，New Directions），六十二頁。

Kwock，討論杜詩原文，以資借鏡❿。另外，我還發現王紅公用了其他版本，如何維・聖德尼（Hervey St. Denys)的杜詩法譯，羅大岡（Lo Ta Kang)的杜詩法譯，喬治・馬古力葉（George Margouliés）的杜詩法譯，及羅伯・佩恩(Robert Payne)的杜詩英譯⓫。而在所有的版本之中，王紅公採用得最多的則是艾斯蔻的英文譯本，洪業的英文譯本，及杜詩的中文原文。

分辨王紅公根據什麼版本，基本上可採用兩種方法：第一種方法是，比較王紅公的譯文及此版本，兩者違反原文之處，是否犯了相同的錯誤？第二種方法是，比較兩者是否採用了爲數不少的相同字眼。王紅公譯一首詩，有時參照三、四種版本，但他大多數譯文，只參照一種或兩種版本。下面我選了王紅公譯的"Jade Flower Palace"（「中國詩百首」第七首，十八頁，即「玉華

❿ 「序」，「中國詩百首」，xi 頁。「杜詩引得」（臺北，Chinese Materials and Research Aids Service Center, 一九六六年）。William Hung 的 *Tu Fu: China's Greatest Poet,* (Cambridge 的 Harvard University Press 出書，一九五二年）。Ayscough 的 *Tu Fu: The Autobiography of a Chinese Poet, 712-759*，第一册（倫敦的Jonathan Cape 出書，一九二九年），以及第二册：*Travels of a Chinese Poet: Tu Fu, Guest of River and Lakes, 759-770*（一九三四年）。Erwin van Zack 的 *Gedichte* (Cambridge 的 Harvard University Press) 出書，一九五二年）。

⓫ Hervey St. Denys, *Poesies de l'epoque de Thang*（巴黎，一八六二年）。Lo Ta Kang, *Cent quatrains des T'ang*（巴黎，一九四七年）。Georges Margouliés, *Anthology raisonnee de la litterature chinoise*（巴黎的 Payot, 出書，一九四八年）。*Payne, The White Pony: an Anthology of Chinese Poetry from the Earliest Times to the Present Day*（紐約，The John Day Company, 一九四七年）。

宮」，見「九家集注杜詩」，卷二十）作爲例子，因爲這首詩的翻譯過程，極爲複雜。他不但參考了四種版本，而且還留下各種不同的手稿。我希望用這個例子說明，如何分辨王紅公所根據的版本，並探討他翻譯時的創作過程。

在加州大學洛杉磯分校圖書館的「特別藏書」（Special Collections）部門，收集了王紅公的手稿，其中藏有這首「玉華宮」譯文的三種手稿⓬。「手稿㈠」是全詩的英文稿，「手稿㈡」只譯原文之四句，但卻彌足珍貴，因爲由此手稿，可見王紅公步步經營譯文的過程。「手稿㈢」也是全詩的英文稿。下面把三種手稿，打字排出，並列「中國詩百首」中王紅公的定稿。

（「手稿㈠」）：

Before an Old Palace

The stream *foams & flows*, the wind *bellows* in the pine.
Grey rats *flee at my approach* and *hide* in *the broken tiles*,
Today, who remember the prince who built this palace.

⓬ Kenneth Rexroth Papers, Special Collections, UCLA, 175/2 box 14. 三十六首杜甫詩中，在此「特別藏書」中，藏有二十二首的手稿或打字稿。

Who knows who left these ruins at the foot of the cliffs.
There are blue ghost fires in the black vaults.
Under the shattered pavement you can hear sounds like groans.
Ten thousand voices of nature sing together.
The autumn colors *blend in sadness* (*a sad picture*).
The prince had beautiful girls, now they are only yellow dusts.
The glamour of their cosmetics has gone out, as though *it had been only a dream.*
He had courtiers by his golden chariot.
Now of all his splendor, only a stone horse remains.
I am overcome with sadness. I sit rest on the withered grass.
I begin a poem (the heart full of sorrow), my eyes full of tears overcome me.
Alas on the road of life which each must run in his turn,
Who is there who has very far to go.

「手稿㈡」：

陰	房	鬼	火	靑
dark	room	ghost	fire	green
yin[1]	fang[2]	kuei[3]	huo[3]	ching[1]
dark	rooms	ghost	fire	green

壞	道	哀	湍	瀉
spoilt	way, road	sad		drain off leak
ruined	path	also moan		
huai[4]	tao[4]	ai	tuan[3]	hsieh[4]
ruined	way	sad	torrent	
			rushing water	

萬	籟	眞	笙	竽
ten thousand	3779	true	5742	7596
	pipe	real	sheng	yu

	flute			
wan^4	lai^4	chên^1	sheng^1	yu^2
10,000	pipe	true	mouthorgan	pipes

秋	色	正	瀟	灑
autumn	color looks	upright	sound of	sprinkle free throw
	lust etc	true	beating	rain & reckless
				wind
ch'iu^1	se$^{4.5}$	cheng^4	hsiao^1	shai^3
autumn	color	true	sound of	sprinkle drench
			driving storm	

There are green ghost fires in the dark rooms
The paths are all washed away
10,000 pipes & mouthorgans *moan* in *the storm*
Rain beats away *the autumn colors*

「手稿㈢」：

The stream swirls, the wind blows in the pines.
Grey rats scurry over broken tiles.
I do not know what prince built this palace.
Only broken beams and falling walls are left?
There are green ghost fires in the dark rooms.
The paths are all washed away.
10,000 organpipes *roar* in *the storm.*
The storm beats away *the Autumn leaves.*
His beautiful girls are yellow dust now.
Their powdered cheeks & blackened eyebrows are crumbled away.
His gold chariot & servants are gone.
Only a stone horse remains of his glory.
I sit on the grass
I try to sing but my tears rise up.

Step by step the future passes us by.
Who will remain in the years to come?

「定稿」：

The stream swirls. The wind moans in
The pines. Grey rats scurry over
Broken tiles. What prince, long ago,
Built this palace, standing in
Ruins beside the cliffs? There are
Green ghost fires in the black rooms.
The shattered pavements are all
Washed away. Ten thousand organ
Pipes *whistle and roar. The storm*
Scatters the *red autumn leaves.*
His dancing girls are yellow dust.

Their painted cheeks have crumbled
Away. His gold chariots
And courtiers are gone. Only
A stone horse is left of his
Glory. I sit on the grass and
Start a poem, but the pathos of
It overcomes me. The future
Slips imperceptibly away.
Who can say what the years will bring?

這三種手稿撰寫的先後順序當是如此：王紅公先寫了「手稿㈠」，其次寫直接由中文英譯的「手稿㈡」，然後寫「手稿㈢」，並把「手稿㈡」那四行譯文揷入「手稿㈢」之中。最後根據「手稿㈠」和「手稿㈢」寫出「定稿」。我們看「手稿㈡」，一目了然，就知道他由中譯英，經過四道手續。此手稿包括王紅公二十個漢字的手跡，每個漢字下面列有羅馬拼音，以及每一個字的英文定義；手稿最下面是這四句的英文譯文。這四句的譯文，與「手稿㈢」中的四行幾乎相同，與「定稿」中的四行也很相近。在「手稿㈡」的漢字「籟」之下，列有數字3779，這是「麥氏漢英字典」（*Mathew's Chinese-English Dictionary*）中「籟」字的號碼，可見王紅公是根據此字典，逐字查出漢字的原意。譯寒山詩的美國詩人加里・史耐德（Gary Snyder）還在加州大學跟陳世驤教授學過中文，而王紅公卻從來沒有正式上過一堂中文課，他自修苦讀的精神，推究根源查字典的態度，實在令人欽佩。

如何證明「定稿」中這四行是源於「手稿㈡」呢——因爲兩者都犯了同樣的錯誤。原文「秋色正瀟灑」一句是指秋光「豁脫無拘」之貌。「瀟灑」並非指「風雨瀟瀟」。而「定稿」和「手稿㈡」中，他都把「瀟灑」譯爲 storm「風暴」。因此，「定稿」必然根據「手稿㈡」。至於他何以刪改成「風暴」的意象呢？可能有兩個理由。其一是「手稿㈡」上，他查出「瀟」字有一定義是 "the sound of beating wind and rain"（風吹雨打之聲）。其實「瀟灑」是個複合辭，不可分爲兩個字來解的。他刪改爲「風暴」的另一個理由是，王紅公可能受到羅伯・佩恩譯文的影響。佩恩譯此詩時，也刪改成「風雨」的意象：

> The colors of autumn are fresh in the wind and rain. （*The White Pony*, p. 193）
>
> （「秋色鮮明風雨中」之意）

王紅公對佩恩這首詩的譯文非常熟悉。他曾數次對我提及，「玉華宮」中，「陰房鬼火青」一句非常出名。我當時不知如何作答，因爲據我所知，此句似乎不算是杜甫的名句。後來我讀到佩恩譯此詩的注釋，才恍然大悟，他說：「我認爲很少詩句比得上這一句那麼動人心弦。」王紅公以「陰房鬼火青」爲名句當是受佩恩看法的影響。因此他一定很熟悉佩恩此詩的譯文，王紅公的「風暴」意象也很可能採用了佩恩的「風雨」意象。

我們細細比照「陰房鬼火青，壞道哀湍瀉。萬籟眞笙竽，秋色正瀟灑」這四句王紅公的三種稿子，可以看出他不斷改進他的譯文，務使意象合乎具體、準確、生動等原則。例如說，「手稿㈡」中“paths”（小徑）就改成了“shattered pavements”（破碎的石板路），後者遠比前者具體，而且後者與憑弔古跡的主題相呼應。在「手稿㈡」中，「笙竽」原是在風雨中“moan”（哀吟），在「手稿㈢」中進一步改爲“roar”（怒號），在「定稿」中又改爲“whistle and roar”（呼嘯和怒號）。「呼嘯」和「怒號」用來形容風暴之中萬籟之聲是比較妥貼的字眼。此外，「手稿㈡」中的“autumn colors”（秋色），在「手稿㈢」中改爲“autumn leaves”（秋葉），在「定稿」中又改爲“red autumn leaves”（紅色的秋葉）。這些改動顯示王紅公在營造意象時，避免抽象化，力求色彩之鮮明，還有，他也重視意象的特殊性和準確性。

那麼「手稿㈠」到底根據什麼版本呢？這手稿有五處很明顯的誤譯。我查閱各種王紅公可能參考的版本，最後找到何維・聖德尼的法文譯本（一四一頁），而此法文譯本中，在那五處也犯了相同的錯誤。因此可以確定「手稿㈠」譯自法文。下面是五處錯誤其中之一：

「原文」：「蒼鼠竄古瓦」

何維・聖德尼之法文譯本：

Les rats gris s'enfuient a mon approche et vont se cacher sous les vielles tuiles.

（「我一走近，灰鼠卽逃去，藏身古瓦之下。」）王紅公手「稿㈠」譯文：

Grey rats flee at my approach and hide in the broken tiles.

（「我一走近，灰鼠卽逃去，藏身破瓦之中」。）

王紅公誤譯的細節，如「走近」、「逃去」、「藏身」等，完全切合聖德尼的譯文，因此可以肯定根據的是這個法文譯本。「手稿㈢」之中又有一些字眼與洪業的英文譯本（一一四頁）相同，如把「竄」字都譯爲"scurry"，「遺構」都用了"stands in ruins"的字眼。所以他的「手稿㈢」很可能參照了洪業的譯文。總結王紅公譯「玉華宮」的過程，他大概共參照了四種不同的版本：㈠何維・聖德尼十九世紀的法文譯本，㈡洪業的英文譯本，㈢佩恩的英文譯本，㈣杜甫的原文。

三、王紅公的翻譯觀

一九五九年，王紅公應邀赴美國德克薩斯州立大學，在一翻譯學術會議上，宣讀論文⑬。與會者之中，王紅公是唯一的詩人，其他不是各大學的學者，就是專業的翻譯家。王紅公的論點，跟他們大相逕庭。他認爲翻譯詩歌，應該有相當程度的自由，不能拘泥於原文，因爲譯者是爲一特定的時代及特定的讀者而翻譯，必須顧慮到讀者的接受程度。他又說：「一部偉大的翻譯作品之能流傳至今，多是因爲它們完完全全屬於自己的時代」⑭。因此，今日中譯英的翻譯家，首先應考慮到二十世紀的英語讀者，對中國詩和中國文化瞭解的程度。翻譯的時候，爲了配合他們的程度，譯文有所增減刪改，是在所難免的。

他譯杜詩時，實踐了這種理論。他選擇杜詩有一種原則，即：「我只選那些比較單純、直接的詩，選那些文學典故、政治諷喻最少的詩」⑮。如果他選的詩仍有文學典故或政治諷喻，爲了顧及讀者的理解程度，他不惜刪改原文，用讀者能理解的說法，來取代文學典故、政治諷喻，或

---

⑬ 此學術會議宣讀之論文，收在此書中：*The Craft and Context of Translation* 由 William Arrowsmith，Roger Shattuck 編輯，（Austin 的 University of Texas Press出書，一九六一年）。王紅公的論文 "The Poet as Translator"（詩人作爲翻譯家），二十二至三十七頁。

⑭ *The Craft and Context of Translation*，二十二頁。

⑮ "Notes"（註解），「中國詩百首」，一三六頁。

是古代的風俗習慣，古代的文物用品等。例如說，「中國詩百首」第三十首“Night in the House by the River”（「閣夜」，「九家集注杜詩」，卷三十一），有「臥龍躍馬終黃土」一句。「臥龍」用的是「臥龍先生諸葛亮」的典故，「躍馬」是另一典故，指王莽之時，「躍馬而稱帝」的公孫述。王紅公處理這兩個典故的手法，是用一般性的詞語取代它們，以「英雄」，「將軍」代替諸葛亮和公孫述：

The great heroes and *generals* of old time
Are yellow dust forever now.

我認爲這是一種可行之法。如果把臥龍譯爲 “Sleeping Dragon”，或把諸葛亮名字音譯爲 “Chu-Kê Liang”，對一位普通的英文讀者而言，完全沒有意義。另一位翻譯家威特・賓納的譯法，是把「臥龍」譯爲 “Sleeping Dragon”；然後寫注釋解釋這個典故⑯。但是如果讀者要一面讀詩，又一面要參照注釋，消化中國歷史的資料，不但分心，而且打斷了純粹完整欣賞詩的經驗。翻譯理論家威廉・阿羅史密斯（William Arrowsmith）也曾說：「如果遇上一些根本不可能譯出來的難題，譯者應該具有隨機應變，巧創新辭的技巧」⑰。

---

⑯ *The Jade Mountain*（Garden-City 的 Doubleday 出書，一九二九年），一九七頁，注四十九d。
⑰ 同⑬，一二四頁。

第二十一首"Sunset"（「落日」，「九家集注杜詩」，卷二十二）有「落日在簾鉤」一句，王紅公以"Beads of the curtain"「簾珠」來代替「簾鉤」：

Sunset glitters on the beads
Of the curtain.

他並非不知道原文是「簾鉤」，因爲他參照的是喬治・馬古力葉的法文譯本（三七五頁），馬古力葉的"les crochets des rideaux"卽「窗簾鉤子」之意。因此王紅公是明知故犯。當然「簾鉤」今天已經沒有人用了，而「珠簾」現在在東西方都仍沿用。但翻譯「簾鉤」不同於「臥龍」；除非西方讀者熟悉三國時代的歷史，否則他無法知道什麼是"Sleeping Dragon"，還以爲眞是一條龍。但要他想像「簾鉤」的模樣，卻也非完全不可能。因此這不是阿羅史密斯所謂的「根本不可能譯出來的難題。」王紅公改「簾鉤」爲「簾珠」已超越了翻譯的界限，事實上，他是用杜詩爲素材，來創作新的意象。那麼在意象之經營效果方面，比較王紅公的「簾珠」與原文的「簾鉤」，兩者孰勝呢？兩者都能反射日光，雖然其反射之強度不同。簾鉤是金屬製的，自能生強烈的反光。珠簾反光之強度雖不如簾鉤，但因由無數顆珠子串成，顆顆反射日光，自會映出一片光彩。簾鉤的反射效果，是光輝奪目，珠簾的反射效果則是一片柔美的光彩，兩個意象實在各有千秋。

第二首 "Winter Dawn"（「杜位宅守歲」，「九家集注杜詩」，卷十八），王紅公改動得更加大刀濶斧。原文中的背景是中國的守歲習俗。他並非不知道此中國習俗。詩中有「椒盤已頌花」一句，他曾在注釋中解說，開紅花的椒樹盆景，是中國新年時供在桌上的[18]。故此例又是明知故犯。王紅公把「椒盤已頌花」改爲：

Green wine bottles and red lobster shells,
Both emptied, litter the table.

（「飲空的綠色酒瓶，吃剩的紅色龍蝦殼，棄得滿桌都是。」）

眞是改得面目全非，把「椒盤」的安靜守歲畫面，一改而爲杯盤狼籍的酒宴場面。兩種場面除了都點綴了紅色和綠色，實無一絲相同之處。事實上，整首「杜位宅守歲」他都改得面目全非。他在論文中曾說，翻譯時「應該隨時參照原文，以接受原文的控制」[19]。在譯這首詩的時候，王紅公到底有沒有接受原文的控制呢？他譯這首詩參照的不是杜詩原文，而是用弗洛倫絲・

---

[18] 「中國詩百首」，一三八頁。

[19] *Craft and Context of Translation* 二十三頁。

艾斯蔻的英文譯本（第一册，一〇九至一一一頁）。原文中「盍簪喧櫪馬」一句中之「盍簪」是指朋友聚合之疾速也，故馬房中擠滿了馬，嘶聲喧外，這當是描寫守歲之宴方開始，賓客陸續抵達之景象。而艾斯蔻卻把「盍簪」誤譯爲"All assembled are of one mind"（所有在場的人心意相通。）王紅公又把艾斯蔻的譯文大加變動，挿入了羅伯・伯恩斯（Robert Burns）的詩句譜成的別離之歌（卽「魂斷藍橋」的主題曲）：

"Should auld acquaintance be forgot?" Each
Sits listening to his own thoughts. . .

（「『誰能忘懷昔日老友？』每人都默坐靜聽自己的心聲。」）

王紅公竟把原文中守歲之宴方開始的場面，改爲一西方宴會結束的別離時分。實在完全談不上「接受原文的控制」。原文只是他的素材，供他想像力高飛的出發點而已。他把八世紀中國的守歲圖，改頭換面，寫出一首不相干的詩，描寫二十世紀的美國，一位詩人四十歲生日宴上的別離場面。

在他三十六首杜詩英譯之中，這類改動爲數不少。但也有改得令人拍案叫絕之處，像是前文所論那首"Winter Dawn"其結尾兩句，不但生動，而且深刻：

In the winter dawn I will face
My fortieth year. Borne headlong
Towards the long shadows of sunset
By the headstrong, stubborn moments,
Life whirls past like drunken wildfire.

（「在冬日破曉時分，我就會面對生命中第四十個年頭。固執任性的時光，挾持着生命，硬衝向落日的斜影，生命像是團飲醉的野火，飛旋而過。」）

此譯文與原文比照，實無相同之處。原文如下：「明朝四十過，飛騰暮景斜，誰能更拘束，爛醉是生涯。」王紅公參照的是艾斯蔻的譯文，而她這段譯文卻錯得一塌糊塗，因爲她把這四句的代名詞全部解錯了（第一册，一一〇頁）：

At bright dawn my years will bridge four tens;
I fly, I gallop towards the slanting shadows of sunset.
Who can alter this, who can bridle, who restrain the moments?
Fiery intoxication is a life's career.

杜詩原文中「飛騰」的主詞，應是「暮景」，艾斯蔻卻解爲「我飛、我騰」I fly, I gallop。原文的「誰能更拘束」應是指「我不應該再拘束我自己了!」而她卻無中生有，把受詞譯爲「時刻」moments，成爲「誰能拘束時刻?」原文中的「生涯」當是指「我的生涯」，她卻譯爲「一種生涯」a life's career。因爲這層層誤解，王紅公才能把杜甫表現的個人情懷，扭轉爲對一般生命現象的詮釋。儘管艾斯蔻錯得離譜，我們仍應該感謝她，因爲如果沒有這些錯誤，王紅公就沒有了創新的素材了。他把她三個獨立的意象合併爲一，創造一個繁複而又清晰的意象，倒是錯有錯著。他譯文高明之處是改進了艾斯蔻用的比喩。她用了“gallop”（奔馳）與“bridle”（韁束）這些字眼暗示一個比喩：即把人生比作騎士，把時光比作馬，馬把騎士載向日暮，即時光把人載向死亡。王紅公卻換了一個比喩，把人生比作野火，把時光比作風——這是沙漠中的荒涼景象，狂風吹着野火，飛向黑暗。把騎士之旅比成生命之旅，在英詩傳統中是常見的比喩，如豪斯曼（A. E. Houseman）的“A Shropshire Lad”（舍羅普郡的一個小伙子），羅伯・弗羅斯特(Robert Frost）的“Stopping by Woods on a Snowy Evening”（雪日黃昏林外小憇），還有羅伯・布朗寧（Robert Browning）的“The Last Ride Together”（最後一次共騎）。因此艾斯蔻用的比喩，缺乏新意，而王紅公的野火比喩，不但有創意，而且意象鮮明，緊湊動人。

王紅公這首“Winter Dawn”與杜甫的「杜位宅守歲」，不論在表現技巧上，或內容上，根本沒有什麼相類之處。因此不能算是翻譯，而是創作。所以，在此討論譯文忠不忠於原作，並不切題。這首作品，倒是個絕佳的例子，用以探討王紅公如何超越了翻譯的範疇，從事創作，亦可一窺他的手法，瞭解他如何重組素材，創造集中而緊湊的新意象。

四、王紅公提倡的「詩境」

一九七〇年我在加州訪問王紅公時，他曾對我說過：「我認爲中國詩對我的影響，遠遠大過其它的詩。我自己寫詩時，也大多遵循一種中國式的法則」⑳。他所謂「中國式的法則」"a kind of Chinese rule" 就是在詩中表現具體的圖景和動作及訴諸五官的意象，並創造一種「詩境」"poetic situation"。他繼續解釋自己的「詩境」概念說：「必有一個特定的地點，一個特定的時間……如果描寫松林中遠遠傳來一聲鐘響，一定是羣山之中有座廟。用這種方式，能令讀者置身於一『詩境』中，令他置身在一個地點，就像令他置身舞臺之上，成爲演員之一……這是中國詩歌的一個基本技巧。」

王紅公的確掌握了中國山水詩的重要表現方法。山水詩中呈現的大自然，往往是其純粹的本來面貌，儘量減少詩人主觀的介入。像是王維的「明月松間照，清泉石上流」（「山居秋暝」），劉長卿的「寒潭映白月，秋雨上青苔」（「遊休禪師雙峯寺」），孟浩然的「風鳴兩岸葉，月照

⑳ "Tu Fu Poems"（杜甫詩），*Classics Revisited*（紐約，Avon Books 出書，一九六五年），一三〇頁。

一孤舟」（「宿桐廬江寄廣陵舊遊」），這種例子多不勝舉。這種表現方法的效果，是讓讀者與大自然作直接的交流和接觸，王紅公所謂的「詩境」與這種傳統的表現方法相脗合。他不但自己寫詩時，採用這種方法，連翻譯的時候，也用此法。換句話說，他往往運用「詩境」的原則，來修改參考版本中的意象，令意象更富於官感之美，更加具體，又賦意象以特殊性，並避免用思維式的表現手法，或複雜的表現手法。

例如說，他譯杜詩的時候，會棄而不用主觀的陳述，改用「詩境」的表現法。第五首 "Visiting Tsan, Abbot of Ta Yun"（「大雲贊公房」，「九家集注杜詩」，卷二），他參照的版本是艾斯蔻的英譯，詩中「夜深殿突兀」一句，艾斯蔻的譯文相當忠信（第一冊，二四三頁）：

Night is deep; hall towers high.

而王紅公的譯文則與原文大相逕庭：

Between the temple walls the night is bottomless.

（「夾在兩座殿的殿牆之間，夜深無底。」）

原文中「夜深」的「深」字是指「已經很晚了」，是個主觀的陳述；而王紅公卻把此「深」字解成空間的深度，卽兩座殿牆之間黑色的夜空。因此他把一主觀的陳述化爲「詩境」，化爲具體的、富於視覺之美的意象。不僅如此，此意象之中，每一件物體的位置都非常明確。原文中的「殿」可能指多座廟殿，因此飛簷突兀，陰影重重。而王紅公句中，只有兩面殿牆並列，中間嵌着夜空，是線條非常精確而工整的畫面。

王紅公甚至會把原文中有些本是鮮明的意象，重組其意象之中物體的關係，令此意象更加突出。第十九首"Country Cottage"（「田舍」，「九家集注杜詩」，卷二十一）的結尾兩句是「鸕鷀西日照，曬翅滿魚梁」。王紅公參照的是艾斯蕊的版本（第二册，八十五頁）：

Western sun reflects from fishing cormorants;
Crowded on weir top they dry black wings.

她的譯文相當忠於原作，把「照」字譯作"reflects from"，卽落日應是從斜角射在鸕鷀的身上。但王紅公的譯文中，卻把落日、鸕鷀與主觀人的視線，拉成一條直線：

. . The sun sets

Behind a flock of cormorants

Drying their black wings along the river.

（「日落在一羣鸕鷀的背後，牠們在岸邊曬牠們黑色的翅膀。」）

他把黑色的鳥和落日兩者之間的位置，調整得更近，造成剪影的效果。比起原文的意象，他意象中的對比更為強烈、更為鮮明。

因為他非常傾心於「詩境」之法，有時甚至會簡化一意象之中，諸物體之間複雜的關係。第十七首“Overlooking the Desert”（「野望」，「九家集注杜詩」，卷二十），有「葉稀風更落，山迴日初沈」之句。此對句之中，因有「更」與「初」字，加了層思維，加了層因果關係。換句話說：因為剩下的樹葉很少，其導致的後果是，更容易讓秋風吹落；因為山脈迴旋，所以日落的時刻會晚一些。王紅公譯此詩時，參照了洪業（一五二頁）和艾斯蕊的版本（第二冊，三十七頁）。這兩種版本都把這一層因果關係譯了出來。但王紅公的譯文中卻少了這一層因果關係，可見又是明知故犯。下為王紅公譯文：

The wind blows the last leaves away.

The hills grow dim as the sun sets.

（「風吹落最後幾片葉子，日落時羣山昏暗。」）

王紅公譯文的好處是，動作明快，明暗變化的對比大。但原文的細緻和複雜性卻付諸厥如。在他的杜詩譯文中，這種簡化的手法還不止用一兩次。難怪詩人約翰・海恩斯認爲杜詩很「簡潔、明晰」了。約翰・畢曉普如此評論「中國詩百首」：「這些英文譯文大致有清晰和簡明的效果。……然而，凡是多少下功夫研究過中國詩歌的人，都會因爲這種清晰明朗，心中會覺得不太對勁。如果一首詩好像一眼就能看透，難免令人懷疑，是否遺漏了多層附屬的、有根有據的涵意。」㉑

畢曉普的確指出王紅公杜詩英譯的一大缺點。事實上，他用「詩境」表現法删改的譯文，反而比較接近王維、劉長卿等描寫山水的五言詩，同樣具有意象玲瓏剔透的特色。但用此法來譯杜詩，會令讀者誤以爲杜詩簡明而自然，事實上，剛好相反，杜詩的意象繁複，鍊句之斧鑿實歷歷可見。

雖然王紅公譯的杜詩，常犯不確、偏頗、歪曲原意這些弊病，但比起其他漢詩譯者，他對中國古典詩境界之領悟，仍有其超越之處。葉維廉曾指出，漢詩的翻譯家，如赫伯特・翟爾思（Herbert Giles），威特・賓納，及朱廸思・高笛葉（Judith Gautier）等都受了西方分析和推論

㉑ *Comparative Literature* 第十册（一九五八），六十一頁。

的思維方式所影響[22]，他們會理念化中國詩歌中，那些直接表現的、蒙太奇式的意象。因此，「在渾然的自然之上，強加了人為的架構，於是歪曲了自然」[23]。王紅公倒很少強加人為的架構在自然之上。他和賓納都譯過杜甫的「閣夜」。

While winter daylight shortens in the elemental scale
And snow and frost whiten the cold-circling night,
Stark sounds the fifth-watch with a challenge of drum and bugle.

（賓納，一二七頁）

It is late in the year;
Yin and Yang struggle
In the brief sunlight.
On the desert mountains.
Frost and snow

---

[22] 「從比較的方法論中國詩的視境」，「中華文化復興月刊」，第四卷第五期（一九七一年五月）。一至六頁。

[23] 葉維廉，"Aesthetic Consciousness of Landscape in Chinese and Anglo-American Poetry," *Comparative Literature Studies* 第十五冊第二期（一九七八年六月），二一六頁。

Gleam in the freezing night.
Past midnight,
Drums and bugles ring out,
Violent, cutting the heart.

（王紅公，第三十首）

比照二人的翻譯，賓納用"while"（當）字，把一種人爲的、邏輯性的時序，加在下列三組意象之上：「歲暮陰陽催短景」，「天涯霜雪霽寒宵」，「五更鼓角聲悲壯」。而王紅公就沒有犯這種錯誤，他的三組意象不但各自成句，獨立自足，而且連「歲暮」"It is late in the year"，「五更」"Past midnight"這些較小的單元，也因文法上運用了標點符號和分行法，都各自獨立。因此可以說，王紅公的譯文體現了中國古典詩觀照的自然世界。

王紅公甚至有時會走另一極端，他會消除詩中主角與大自然兩者之間主觀的交流經驗。第三十一首"Dawn over the Mountains"（「曉望」，「九家集注杜詩」，卷三十二）原文「天清木葉聞」一句的主角出了場，因爲「聞」字是指「『我』聽見木葉之聲」。王紅公參考的版本是艾斯蔻的英譯（第二册，二八九頁），他是把「聞」字譯出來了：

Sky soundless, *hear* leaves drop from trees.

但王紅公的譯文中，「聞」字不見踪影。

The still sky--
The sound of falling leaves.

他的譯文中主角「我」失了蹤，因此讀者必須直接用聽覺去聽「落葉之聲」，與大自然直接接觸。他呈現大自然的手法，與前文所論中國山水詩的表現法相符。

王紅公對中國古典詩的對仗結構也很傾倒。對句直譯爲英文會很生硬，因爲英詩中沒有對仗工整的傳統，尤其是一連有兩個或以上的對句，則效果更生硬和不自然。他翻譯時儘量保留對句的內容，他譯對句的原則是：「我通常用分行法或文法結構，或多或少掩藏一下這些對仗嚴謹的對句」㉔。例如說，第十九首「田舍」中，一連用了三個對句，如果把他的譯文，重新一句一行地排列出來，對句結構非常明顯：

㉔ 「中國詩百首」，一三九頁。

A peasant's shack beside the clear river, 田舍清江曲，
The rustic gate opens on a deserted road. 柴門古道傍。
Weeds grows over the public well. 草深迷市井，
I loaf in my old clothes. 地僻嬾衣裳。
Willow branches sway. 欅柳枝枝弱，
Flowering trees perfume the air. 枇杷樹樹香。

而王紅公的「定稿」卻用了障眼法，不細心讀的話，根本查覺不出有對句的痕跡：

A peasant's shack beside the (enjambement)
Clear river, the rustic gate (enjambement)
Opens on a deserted road.
Weeds grow over the public well.
I loaf in my old clothes, willow (enjambement)
Branches sway. Flowering trees (enjambement)
Perfume the air.

他把六行分爲七行。由於對仗的結構不斷受到「連行」"enjambement"的分行法所打斷，讀者很難覺查到對仗的內容。他在自己的詩作或翻譯中，常用「連行」的手法，此例中「連行」手法用得高妙，把一種對西方而言，陌生的對仗結構不着痕跡地移植到英詩之中。

他對「對仗」似乎入了迷，因此即使杜詩原文中並非對仗的地方，有時他也譯成對仗的格局。第二十九首"Full Moon"（「月圓」，「九家集注杜詩」，卷三十一），王紅公把下列三句拆開，成爲一連五個有對仗意味的句子：「未缺空山靜，高懸列宿稀。故園松桂發……」：

The circle without blemish.
The empty mountains without sound.
The moon hangs in the vacant, wide constellations.
Pine cones drop in the old garden.
The senna trees bloom.

圓滿未缺，
空山無聲。
月亮懸在疏星之中，
松子落在故園之中，
桂樹開花。

這幾行中呈現的自然世界，秩序井然，有條有理，接近中國詩對句中呈現的自然世界。大概他通過中國詩的對句結構，體驗到大自然的秩序與和諧，他在自己的詩作中，也常用到這種呈現井然有秩大自然的對仗句子。

五、化身為古人

王紅公在十九歲的時候，南下美國新墨西哥州，向翻譯家威特・賓納討教，賓納把杜詩的好處介紹給他㉕。從那個時候起，王紅公終其一生，對杜甫推崇備至。他說：「我認為若不論史詩體，或戲劇體，杜甫是有史以來最偉大的詩人，在某些方面，他比莎士比亞或荷馬更為超越，至少他更為自然、更為親切」。他還承認，因為多年浸潤在杜詩之中，他的人格已深受杜甫的影響，他說：「在道德情操和體認力方面，我肯定杜甫使我成為更健全的人」。杜甫對他的詩作影響至鉅，但另一方面來說，由於他多少與杜甫認同，他譯杜詩時，不可能抱着客觀超然的態度。尤其是他翻譯的時候，習慣把自己投身入古代詩人的經驗世界㉖。在這種情形之下，他會不會在譯文中摻雜他自己的主觀看法或偏愛呢？本章將探討下列問題：他對杜甫的認識是不是全面性？會不會因此影響他選詩的準則？他對杜甫人格的體認和評價，會不會導致他只呈現杜甫人格之片面？此外，王紅公有沒有把自己的經驗和信念注入杜詩譯文之中？

中國文學批評傳統，對杜詩的寫實主義，評價很高，像是他描寫民間疾苦的「三吏」、「三別」、「兵車行」等，或是寫政治諷喻的「麗人行」等。但王紅公沒有譯任何一首這類詩篇。他

㉕ *An Autobiographical Novel*（紐約的 New Directions 出書，一九六四年），三一八至三一九頁。

㉖ *The Craft and Context of Translation* 二十九頁。

選詩的準則大概與他對杜甫的體認有關。他認爲杜詩表現一種「悲思感懷」"elegiac reverie"，刻劃的是「人在孤寂之時，如何自處」的問題㉗。而在他譯的三十六首杜詩之中，三分之二都以「悲思感懷」爲主題，其餘三分之一，不是寫朋友的情誼，就是描繪山川田園之美。不論詩中的主角，是處身深山之中，在水之涯，在古行宮，在幕府，或宴席上，他的思緒總那麼孤清而易感。因此，王紅公向英語讀者呈現了杜甫人格的一個切面。透過這些譯詩，英語讀者根本無從想像杜甫爲生民請命的精神，以及杜甫對社會現實的關懷。但奇怪的是：王紅公本人也是個深懷社會意識，關心現實的詩人。下列是他文集之中一些標題：「道德、倫理、宗教、觀念、詩人以及詩歌」、「社團的計畫」、「都市主義」、「誰疏離自什麼？」㉘。由這些標題，明顯易見他對社會問題的關懷。那麼爲什麼他不翻譯杜甫有關社會現實的詩篇呢？他對杜甫推崇備至，但杜甫人格上有一點他卻表示不敢苟同。他認爲杜甫的儒家思想太過迂腐㉙。而王紅公自己一直是個無政府主義者，無政府主義標榜的是：反對權威、反對既定的秩序及統治力量。大概因爲這個原因，所以王紅公對杜甫有儒家倫理道德色彩的詩篇，會全盤拒絕罷。

王紅公認爲杜詩之偉大，在於能無礙地呈現一己的形象，與讀者作全面的交流。其詩之風

㉗ *Classics Revisited*，一二七頁。

㉘ 這些是王紅公此文集中的標題 *The Alternative Society*（紐約 Herder and Herder 出書，一九七二）。

㉙ *Classics Revisited* 一二八頁。

格，既單純，又直接㉚。大概因爲他對杜詩有這層體認，令他譯杜詩時，採用一種親切的、對話體的語調。第十八首 "Visitors" （「賓至」，「九家集注杜詩」，卷二十一），王紅公參照的是艾斯蔻的英譯（第二册，八十三頁）。「患氣經時久，臨江卜宅新，喧卑方避俗，疏快頗宜人」四句，王紅公的譯文如下：

I have had asthma for a
Long time. It seems to improve
Here in this house by the river.
It is quiet too. No crowds
Bother me. I am brighter
And more rested. I am happy here.

他譯文中「我」字 "I", "me" 出現了四次之多。艾斯蔻模仿中文，一次「我」也沒有用。比起她的譯文，王紅公不但「我」字用得多，而且句子特別短，非常口語化，活像詩人與他的至

㉚ "Unacknowledged Legislators and 'art pour art'"（不爲人承認的立法者，以及「爲藝術而藝術」） *Bird in the Bush*（紐約 New Directions 出書，一九四七年），十七頁。

友閒話家常一般。因爲語氣非常親切，很容易令讀者投入其中，作「全面的交流」。一般而論，這種譯法並不離題，因爲杜詩大多親切誠摯，讀來確有肝膽相照，推心置腹之感。

他又認爲杜甫對朋友情誼深厚，因此有時他譯杜甫贈友人的詩篇，會加重情感的色彩，甚至會加得過分誇張。第二十二首"Farewell Once More: to My Friend Yen at Feng Chi Station"（「奉濟驛重送嚴公」，「九家集注杜詩」，卷三十二）是給嚴武的贈別詩。是時西曆七六三年，嚴武官拜成都尹，兼劍南節度使，因肅宗崩，代宗初立，召嚴武還朝，杜甫送別遠至綿州。詩中有一句「列郡謳歌惜」，是指由成都到綿州之間（綿州，今綿陽，在成都東北約九十公里，而奉濟驛又距綿州約十七公里），列郡的子民，歌頌嚴武的德政。王紅公參照的艾斯蔻譯本（第二册，一二三頁），她把列郡解作沿溪兩岸諸郡，而且沒有點明此句之主詞。

"East of stream, West of stream, ballads of regret are sung;

（「溪之東，溪之西，唱起惜別之歌謠。」）

前面「幾時杯重把，昨夜月同行」兩句的主詞是嚴武與杜甫。因爲艾斯蔻譯文中沒有點出主詞，王紅公順理成章，沿用上句，把溪流兩岸唱歌的當作是嚴武和杜甫，而非列郡的子民。而且把對句的結構故意打散，硬把前面對句的下聯，和後面對句的上聯連在一起：

Last night we walked
Arm in arm in the moonlight,
Singing sentimental ballads
Along the banks of the river.

（「昨夜在月光下，我們把臂同行，一面在河岸唱着多情的歌謠。」）

他呈現了一副生動的寫照：兩個老友，醉醺醺地忘形高歌。當然嚴武和杜甫很可能有這段經歷，他們當時已有十五年的交情，而且二人一向不拘形跡。然而「列郡謳歌惜」本是客觀的溢美之辭，王紅公卻把它化爲生活的動作。在譯文之中，杜甫變成一個比原文中更開放、更熱情的人物。

因爲王紅公與杜甫，作相當程度的認同，所以他有時難免會把自己的經驗和信念注入譯文之中。第二十三首 "A Restless Night in Camp"（「倦夜」，「九家集注杜詩」，卷二十四），首句「竹涼侵臥內」，「臥內」是指寢室，然而在他譯文之中，詩人卻移駐戶外，睡在竹林之中，連題目也改成「露營地不安寧的一夜」。王紅公居然把經驗的現場都改了！這與艾斯蔻譯文交待不清也有關係（第二册，一三七頁）：

Chill from bamboos creeps in where I lie;

以下是王紅公譯的「竹涼侵臥內」：

In the penetrating damp
I sleep under the bamboos. . .

艾斯蔻把「臥內」譯成 "where I lie"（所臥之地），也難怪王紅公可以變戲法，把「所臥之地」搬到野外去了！中國傳統的隱逸詩人，以大自然爲其歸宿，但總也要住在茅廬草舍之中，相信很少喜歡在野地上露宿的。但西方喜愛大自然的人卻有露營的習慣，王紅公由青年時代，就常愛在荒山野巔露營。他的詩創作之中，不少是寫露營的經驗。而且他又把竹涼的「涼」字改成 "damp"（濕），這一定是他自己在林中露宿時，呼吸過潮濕的空氣罷！他的譯文呈現的氣氛，與原文也大不相同。杜詩原文中，詩人在寢室內不能安眠，就踱到庭院之中，感時憂國，非常悲切——「萬事干戈裏，空悲清夜徂。」而王紅公譯文中的詩人，心情則平靜很多。「空悲清夜徂」譯成 "It is useless to worry, Wakeful while the long night goes."（「擔心也無益，長夜已去仍不寐。」）因此，這譯文無論是精神上或內容上，嚴格說來，不能算是翻譯，因爲王紅公注入了太多自己的經驗和心情。這譯文反而與他自己的創作相呼應，他自己有不少詩寫露營的經驗和心境，像是"Another Spring"（又一春），"King River Canyon"（王河谷），"A Living Pearl"（一顆活珠）㉛。

杜甫飽經戰亂和貧困之苦，巔沛流離，孤苦無依，因此他的詩情，難免會有悲觀無望的色彩。然而在王紅公的譯文中，有些原文中悲觀的論調，卻爲樂觀肯定的信念所取代，這大概是王紅公自己的生活比較順利的緣故。第三十首詩"Night in the House by the River"（「閣夜」）結尾兩句「臥龍躍馬終黃土，人事音書漫寂寥」，相當具悲觀色彩，英雄人物縱叱喝一時，也落得黃土一坯，而詩人當時與社會的關係也斷了，親友的書信來往也打斷了，只有無涯的寂寞。此詩的情懷相當沈重。而王紅公的譯文卻大異其趣：

The great heroes and generals of old time
Are yellow dust forever now.
Such are the affairs of men.
Poetry and letters

㉛ *The Collected Shorter Poems of Kenneth Rexroth*（紐約的 New Directions 出書，一九六六年），一四五、一九一至一九二、二三四至二三六頁。

Persist in silence and solitude.

（「古時的英雄名將，現在早已化爲黃土。人間之事本就如此。只有詩文在靜默寂寥中堅持下去。」）

王紅公所本的艾斯蕊譯文（第二册，二二八頁）。把「寂寥」譯作"silent, stilled"（靜默，噤聲），並沒有「堅持下去」的意思。王紅公實際上加插了自己對人生樂觀進取的看法，讚揚作家和詩人堅毅不拔的精神。這和他自己的信念有關，他相信詩人負有重要的歷史和文化使命㉜。

縱觀以上種種實例和探討，難免令人覺得他的杜詩譯文，根本罔視原文，任加修改，隨意創新，或改動全詩的調子，或以自己的經驗和信念取代杜詩的原意。但也並非全然如此。王紅公也有些譯文符合「信、雅、達」的標準。第四首"Snow Storm"（「對雪」、「九家集注杜詩」，卷十九），「亂雲低薄暮，急雪舞廻風」就譯得既準確，文字又精鍊：

... Ragged mist settles
In the spreading dusk. Snow skurries

㉜ 王紅公對詩人之使命見此文，"Unacknowledged Legislators and 'art pour art'" *Bird in the Bush* 三至十八頁。

In the coiling wind.

他的譯文是參照艾斯蔻的英譯（第一册，二二八頁）。他的"spreading dusk"就比艾斯蔻的"prevailing twilight"典雅多了。而他所用的字眼，如"ragged""skurries""coiling"都選得非常貼切，呈現風雪交加的荒涼景象。「亂」字作爲形容詞非常難譯，如艾斯蔻把「亂雲」譯爲"clouds, torn in confusion"就有冗長之病，洪業的"confused clouds"（一〇三頁）就有反面的、混亂的涵意，因而缺乏詩意了。王紅公的"ragged mist"就高明多了。"ragged"可以形容布料之皺亂，或天氣之惡劣，因此用來形容雲霧非常妥貼，他又把「亂山」譯爲"jumbled hills"也很高明㉝。"jumbled"一詞形容具體實物之紊亂，用以形容亂山，再恰當不過。可見他鍊字之精到。其它如把「殘燭」譯成"guttering candle"，或「風燈」譯爲，"gusty lantern"都是佳作。他在遣辭造意上，的確具有大詩人的先決條件。

然而，王紅公杜詩譯文之中能臻這種「信、雅、達」之境的實在不多。嚴格說來，他的譯文不能算是翻譯。他曾說過，希望自己的譯文能忠於原作的精神，而他連這一點也沒做到，因爲他常禁不住在譯文中表現了自己的精神。他參考的版本，包括相當忠於原作的洪業譯文，甚至是杜

㉝ Wang An-Shih 王安石 "On the River," 王紅公與鍾玲合譯，收在王紅公詩集 *New Poems*（紐約 New Directions 出書，一九七一年），八十三頁。

詩原文，他都一視同仁，視之爲素材。他應用這些素材設身處境，以經驗他所謂的杜甫經驗，既然他透過主觀的經驗來翻譯，難免滲入他個人的體驗和見解，所以寫出的成品，多少有創作的成分。總體來說，他譯文的長處是創造了很多精美而生動的意象，文字自然而優美，語氣親切而流暢。他的譯文的確有中國古典的特色，如客觀地呈現大自然的山川景物，塑造具體的「詩境」，用直接與讀者交流的語調等，但以上所列並非杜詩最出色之處。因此，我們研讀王紅公的杜詩譯文，不應該逐字探索，拘泥原文。應視之爲他體驗杜詩，另寫的創作，有點唱和的意味。這樣才能賞析一流英文詩人的體驗和功力。就像是他所譯的「春山無伴獨相求，伐木丁丁山更幽」（第二首"Written on the Wall at Chang's Hermitage"，「題張氏隱居」，「九家集注杜詩」，卷十七），便沒有譯出「丁丁山更幽」的意思，但他重組創新的意象，如此幽美，實在令人怦然心動：

It is Spring in the mountains.
I come alone seeking you.
The sound of chopping wood echos
Between the silent peaks.
……

寒山譯詩與「敲打集」

——一個文學典型的形成

奚密

史耐德（Gary Snyder）翻譯的二十四首寒山詩，首次登在一九五八年「長青文評」（*Evergreen Review*）的秋季刊上。它們在美國現代詩壇所造成的震撼及其震撼的原因，早已有學者詳細討論過❶。本文將針對這二十四首譯詩本身，將其視爲一個整體，研究其內部主題架構與首要意象。更進一步，我們將探討寒山詩的翻譯在史耐德作品——尤其是早期作品——中的意義。這意義可以從主題思想、創作技巧，與詩歌音律各層次來分析、闡述。

在現存的三百餘首寒山詩中，史耐德僅選譯了二十四首。選擇的標準當然有它客觀的因素，譬如某些詩最具代表性或普遍被認爲是佳作等等。但任何一種取捨也同時反映了譯者（或編者）本身的文學傾向及欣賞角度。因此這二十四首寒山譯詩也可以被看作史耐德的再組織、再創作；

---

❶見鍾玲，「寒山在東方和西方文學界的地位」，及陳鼎環，「寒山子的禪境與詩情」，合刊於「寒山詩集」（臺北：漢聲出版社，一九七一年）。

它們自成一獨立的詩羣。我們首先要做的，就是在這詩羣中發掘其組織原則或存在原因（raison d'être）。

在結構上，「對比」的架構貫穿於二十四首譯詩之中；它存在於「俗世」與「出世」、「沈迷」與「悟道」之間。而這對比的狀態又可分爲兩種：一是寒山本身經歷的兩種心境的差異；一是得道後的寒山與庸夫俗子間的對比。前者在第十二首裏有深刻的描述：

出生三十年　常遊千萬里
行江青草合　入塞紅塵起
鍊藥空求仙　讀書兼詠史
今日歸寒山　枕流兼洗耳❷

詩中扼要地描寫了三條俗世的人生道路，它們分別代表了人對名、利、長生的追求。不論是爵位官祿、短暫的名，或是立德立功立言、不朽的名，「名」概括了儒生十年寒窗的目標。而長生不老則是道教（以別於老莊的道家哲學）鍊丹服藥的最高極致。至於錢財的獲取則泛指汲汲營營的一般大眾。在寒山未悟道的前三十年裏，他亦像芸芸眾生一樣的追求過名利與長生。這慾念的世

❷ 文中所引寒山原詩皆出自「寒山詩集」（附豐干、拾得、楚石、石樹原詩）。

界可以「紅塵」一意象爲象徵。「紅」不但暗示聲色感官經驗的強烈刺激、物質享受的淫侈，也影射慾念的熾盛如火。而「塵」則象徵著本心、本性的遮蔽汚染。只有在悟道後寒山才得洗淨紅塵的慾念，回復其清靜本心。

詩人對世俗慾念之煎熬、追求之絕望的感慨在在呈現在詩裏。第四首中寒山看到荒城古墳而感歎生命的短暫與長生慾望的荒謬。與聳立的古松相形之下，天地的亙遠和人生的短暫更成強烈的對比。第十首詩裏，寒山以「殘燭」與「逝川」來比喻生命之不可恃，再次點醒了長生的虛幻渺茫。（「淚雙垂」表現了詩人悲憫的胸懷。對人的執著、物慾，寒山時而悲歎，時而諷諷，皆出於憫惻之心，希望能警醒沈迷紅塵的人們。）同樣的，第十二首詩言名之空幻，第十六首歎物質錢財之不可恃。

除了對世俗慾望的感歎之外，寒山詩中更呈現了超脫俗世、摒棄慾念的一面。「雜念」（第十九首）如一面糾纏紛亂的塵網，使人身陷其中而無法自拔。而詩人欲持佛家的「智慧劍」來斬除慾望這「煩惱賊」（第十五首）。超越的境界也可以用「忘」來表達——忘生死、忘得失、忘榮辱、忘哀樂。最好的例子是第五首：

欲得安身處　寒山可長保
微風吹幽松　近聽聲愈好

下有斑白人　喃喃讀黃老
十年歸不得　忘却來時道

來時的道路卽是第十二首裏俗世追求的道路；對悟道後的寒山它們已失去了意義。詩中的「忘」正是莊子中所說的：

忘乎物、忘乎天、其名爲忘己。忘己之人是之謂入於天。（「天地篇」）

德有所長而形有所忘。人不忘其所忘而忘其所不忘，此謂誠忘。（「德充符」）

同樣的，人爲的時間觀念也沒有意義：

一自遁寒山　養命餐山果
平生何所憂　此世隨緣過
日月如逝川　光陰石中火

任你天地移　我暢巖中坐　（第十七首）

詩中包含了兩個似相矛盾的時間的意象：「逝川」亙永不斷地流着，而「石中火」卻是瞬息卽滅的。但在寒山的眼中，其間並無衝突，因爲長短、有無的對比觀念已被遺忘、化解在自然清淨、逍遙自得的境界裏了。

這種逍遙自得的心境在多首寒山詩中有活潑眞切的表現。譬如第七首：

粵自居寒山　曾經幾萬載
任運遯林泉　棲遲觀自在
巖中人不到　白雲常靉靆
細草作臥褥　青天爲被蓋
快活枕石頭　天地任變改

又如第十九首：

一任寒山萬事休　更無雜念掛心頭
閑於石頭壁題詩　任運還同不繫舟

兩者所表現的與莊子的逍遙——「天地與我並生而萬物與我爲一」（「齊物論」）、「乘天地之正而御六氣之辯以遊無窮」（「逍遙遊」）——在精神上是相通的。

最後我們要談的是寒山詩中幾個重要的象徵：寒山、道路，與月亮。其中「寒山」同時意指山名、禪僧／詩僧，與詩人得道的境界。「道路」在中西文學傳統裏均常被用作一象徵，比喻精神上的摸索探求過程。寒山詩中一再提到通往寒山路途的艱難（第一、三、六首），而他本身的心路歷程就是最好的見證。而且這條路是永無止境的（第八首）。至於月的意象來自佛經。史耐德在註腳裏也明白指出月亮（有時亦以珍珠喻之）象徵著生而俱有的佛性。此外，月的清澄光潔也代表了佛教中「空」的觀念。在第二十三首裏，詩人道：

我家本住在寒山　石巖棲息離煩緣
泯時萬象無痕跡　疏處周流徧大千
光影騰輝照心地　無有一法當現前
方知摩尼一顆珠　解用無方處處圓

又第十一首云：

碧澗泉水清　寒山月華白
默知神自明　觀空境逾寂

「水中月」的意象更象徵了空靈、不執着的圓融境界。這「空」或「無」的觀念在第十六首裏亦有影射：寒山居住的屋宅空無一物而與天地相通。

以上我們簡要地分析了史耐德所譯二十四首寒山詩的主題架構。整組詩呈現了一具體而微的寒山的心路歷程；從早年的沈迷紅塵到中年後的悟道得道，以致得道後的靜觀自得、空寂無礙的超越境界及其與俗世強烈的對比，皆有深入的描寫。在進一步討論寒山譯詩與史耐德早期作品的關係之前，我們還需提及史耐德翻譯文字的問題。簡言之，這二十四首譯詩是否忠於寒山原詩的語言？它們是翻譯抑是史耐德根據寒山詩所成的創作？我以爲史耐德的譯文相當信實；尤其在景色的描寫上頗能捉住原詩的精神。如第三首的「沓嶂恒凝雪／幽林每吐烟」譯爲：

Jagged scraps forever snowed in
Woods in the dark ravines spitting mist.

第七首的「任運遯林泉／棲遲觀自在」譯爲：

Freely drifting, I prowl the woods and streams
And linger watching things themselves.

又如第八首的「溪長石磊磊／澗闊草濛濛」譯作：

The long gorge choked with scree and boulders
The wide creek, the mist-blurred grass

均堪稱簡潔優美的譯詩。在一九六七年六月二十日，史耐德自日本京都寫給裴克勒（Herbert Fackler）的信中，曾敍述其翻譯的過程與經驗：「我翻譯的方法是：首先、徹底了解原詩的文字；第二、專心努力地把詩中的景象投射到腦海裏，就像拍電影一樣；第三、我用自己的語言寫下心中所看到的；最後把譯詩與原詩對照以確定它們相吻合」❸。

---

❸ 引自 Herbert Fackler, "Three English Versions of Han-shan's Cold Mountain Poems," *Literature East and West*, 15 (1971): 269-278.

寒山譯詩裏難免有小疵。如第二首的「白雲抱幽石」，史耐德將「幽石」譯成：vaguerocks，似乎忽略了「幽石」與「白雲」在顏色上的黑白對比。第十首的「今朝對孤影／不覺淚雙懸」，其中修辭上的對仗（孤——雙）在譯成英文時不得不被犧牲。像這類的小疵並不足以影響整個作品的意義與文字美。所以在與其他的寒山譯本比較時，裴克勒亦認爲史耐德譯詩的特色爲「清晰的視覺意象」及「現在分詞」與「趣味詞彙」的運用，稱讚它是一篇意義重大的文學作品。

在翻譯寒山詩的同時，史耐德亦從事於詩歌創作。他的第一本詩集「敲打集」(*Riprap*)，於一九五九年出版，離寒山譯詩的發表只相隔一年。（十年後兩本集子合版。）因此，這兩組作品幾乎是同時期產生的；兩者間是否有相似或相互影響之處實值得深入探討。

就主題來說，史耐德在「敲打集」中以自己的語言寫出自己悟道的過程。正如寒山超越了俗世的慾念（「超世累」），在「白玉溪」（Piute Creek）中史耐德亦欲突破傳統知識的束縛。他獨立在山崗上：

夜靜、石暖、
人世的渣滓
退去，硬石波動
沈重的現實卻無法

承擔心靈的泡沫。
文字、書篇、
如高嶺上的小溪
消失於夜空。❹

在「眞」的世界裏沒有阻礙直覺心靈的人爲觀念與知識。從禪宗「人人皆有佛性」的角度來看，史耐德根本否定了西方基督教傳統加諸人的隨生俱來的罪惡感（original sin）。英國詩人密爾頓寫史詩「失樂園」爲了要證明上帝對人的作爲是對的、善的。然而史耐德斥之爲荒謬的故事：

有何用呢？——密爾頓——一個可笑的故事
敍述我們失落的祖先——
一對果食者

（「火邊讀密爾頓」Milton by Fire）

❹ 文中所引史耐德詩皆取自（Gary Snyder, *A Range of Poems*(London: Fulcrum Press, 1966)。集中除了「敲打集」與寒山譯詩外，亦包括了以後的*Myths & Texts*, *The Back Country*等作品。

從西方宗教傳統裏解脫，史耐德選擇了東方禪宗的道路。寒山的「忘」在史耐德詩中亦找到迴響：

不記得唸過的東西，
有些朋友，但他們都在都市裏。

（「中秋」Mid-August）

都市裏的朋友與生活在山嶺間的詩人，其間的距離與其說是空間的和物性的，不如視之爲心靈上與精神上的差異；紅塵裏的奔波和迷惘，與山上雪水的清澈實有天淵之別！

飲雪水自錫杯
向下眺望——
穿過靜空萬里。

（「中秋」）

史耐德的赴日修習曹洞宗，在其象徵意義上來說，是一種對不眞實世界的抗議、反省，與擺脫：

二十五年於斯土，換得旅途中的一站
——心靈的焦點——我回首，
土地緊扣着我——岩石、樹木，與人們。
從未如此清醒過——但該是動身的時候了。
（「奴克賽克谷」Nooksack Valley）

只有在徹底的內省後，詩人才能以新的心境來接受和關愛自己的土地及國家：

一顆清澄、專注的心
是沒有意思的，除了
看到的都看的眞切。
（「白玉溪」）

這「看的眞切」可與寒山詩「萬物靜觀皆自得」的境界相呼應。當剝削之心止息，人與自然又回到相依屬、相和諧的關係：

一座花崗岩
一棵樹——就够啦！
甚或是一個石頭，
一灣小溪，
池中的一片樹皮
層層的山脈，重疊扭曲
老樹虬蟠於
薄薄的石縫間
明月高懸……
…………
夜涼如水，一條黑影
在月光下閃過
溜進柏樹影裏。
在那後面，一雙看不見的
冷傲的眼睛——
是山豹抑是野狼——

看着我來去。

（「白玉溪」）

史耐德對自然景色的描寫令人聯想到寒山詩裏中國中原的山水。在一九七七年四月「東西文評」（*East West Review*）的一次採訪中，史耐德回憶道：「當我十一、二歲時，在西雅圖博物館的中國陳列室裏（第一次）看到中國的山水畫。當時我眞呆住了！驚訝的原因很簡單：書中描繪的就像瀑布區的景色——白練、古松、白雲、飛霧都像極了美國西北部的山水。中國人眼中的世界與我看到的不謀而合，而隔壁陳列室裏的英國與歐洲風景畫對我卻毫無意義。（這經驗）雖沒給我什麼偉大的啟示，但卻在我心中種下了一份對中國文化直覺而深刻的尊敬」❺。從幼年時代對中國山水畫的驚識到成年後對禪宗、佛教，與東方文化的研習，難怪史耐德詩中的景色描寫常與寒山有雷同之處。

除了主題思想、山水意象的類似表現之外，史耐德詩中也數次用到月的象徵。例如在「T二號油輪藍調」（T-2 Tanker Blues）裏，當詩人被周遭的事物（「……畫片、庸俗雜誌、酗酒毆鬪、低級小說、連日的海上生活、對機器、金錢、嫖妓的厭惡、……」），他仰望明月而得以從

❺ 取自 Gary Snyder, *The Real Work, Interviews & Talks 1964-1979*, Wm. Scott McLean, ed. (New York: New Directions, 1980), pp. 93-94.

煩擾的心情中自拔，並進而轉變爲自足自得的平靜：

無所不包的視野就藏在
這顆腦袋裏。蛻變。太陽
熱力源自心靈。

擁有着一顆自足自得的本心，詩人亦如寒山般的超越了時空的範圍；或神遊於日本千年前古老的伐木廠、回到萬年前的原始山水，或馳騁在百萬個夏季裏。

以上我們分析了寒山譯詩與史耐德敲打集在題材、思想，及意象幾方面的相通處。兩者間的密切關係同時也反映在詩的另一層次上；那就是下面要討論的創作技巧的問題。除了寒山外，史耐德對唐詩（尤以王維、韋應物、杜甫、白居易等爲最）也非常熟悉。因此在技巧上，「敲打集」所反映的並不限於寒山詩，而是整個中國古典詩對史耐德直接或間接的影響與啟發。

史耐德詩的語法相當簡單，極少有子句的堆砌。以「中秋」的首段爲例：

Down valley a smoke haze
Three days heat, after five days rain

Pitch glows on the fir-cones
Across rocks and meadows
Swarms of new flies.

詩中句型結構簡單，多爲直述句而少複雜、重疊的句子。此外，史耐德詩語法上的另一特色爲分詞片語的普遍使用。在「水」（Water）一詩中，詩人在炎日下一路奔躍下山（岩石的滾燙、響尾蛇的驚動皆有簡潔的描述），直衝到溪邊，將頭肩浸在冰涼的山溪裏。整首詩節奏輕快活潑，分詞片語的連續使用（laughing, tumbling, roaring, aching）有助於全詩的流動性與動作感。

在「中秋」詩末：

Drinking cold snow-water from a tin cup
Looking down for miles
Through high still air.

「Drinking」與「Looking」均沒有主詞，但從全詩的意義中讀者當可判定動詞指的是「我」、詩人自己。像這類不合英文文法的分詞片語（dangling participle）句型，也出現在「晚雪」（Late Snow）、「薩帕溪」（The Sappa Creek）、「薄冰」（Thin Ice）、「石園」（A Stone Garden）等多首詩中。省略人稱主詞或代名詞——多半是第一人稱謂——的現象在英詩中幾不存在，但在中國詩裏，因爲中文語法習慣的不同而習以爲常。（這點在英譯中詩裏尤爲明顯。）這可以視之爲史耐德受中國詩影響的一種表現。

在「論唐詩的語法用字與意象」一文中，梅祖麟與高友工教授指出，近體詩具普遍性與具體性的特色，其原因有二：一是「始原語」的使用，一是「絕大多數的名詞意象傾向於『物性』的鈎劃❻」。以王維的「人閑桂花落／夜靜春山空」爲例，人、夜、山、花均爲物理世界中的大屬類，具代表性而非針對特殊個體的描述。「春山」以名詞「春」來修飾名詞「山」，一方面標指了時間（季節）上的限制，但同時又強調了山在春天時的風貌（如：清朗、生氣蓬勃等聯想）。因此該詩偏重物性的描畫。這兩點精闢的見解對我們研究史耐德作品有很大的啟發。

史耐德詩中常有連串的意象出現。如在「敲打」一詩中：

…………

❻ 原文刊於 *Harvard Asiatic Journal* 31 (1971): 51-136. 黃宣範所譯之中文版刊於中外文學學術叢書「中國古典文學論叢、册一：詩歌之部」，二九九——三六六頁。文中所引出自三三三頁。

樹皮、葉子，或牆的堅實
　　物的敲打：
銀河中的圓石、流失的星球
這些詩篇、人們、
　　迷途的馬
曳著馬鞍——
　　岩石般踏實的行徑
宇宙像一盤無止境的
　　四度空間的
圍棋。

由於集子中大部份的詩均以自然景物爲背景或主題，史耐德的詩中充滿了山、水、樹、鳥、石、谷、天、地的意象。他寫人時，常用「people」、「men」、或「women」來泛指人們。類似中國詩（尤其是山水詩）中常出現的「始原語」，以單純樸實的意象來表達人類普徧的感情與經驗。與「始原語」往往同時使用的是傾向物性描述的修飾語。梅與高在「論唐詩」文中的定義是：「物體」是物性的結合，而「物性」是幾個物體的共通特性❼。試以中國畫來比喻：傾向物性的描述譬如潑墨畫，強調水墨的濃淡、筆鋒的輕重。而傾向物體的描述則近白描，講求線條輪廓的鈎勒、色調的美觀。同樣畫一顆白菜，前者重「質」的感受：粗厚碩大的菜梗、柔軟細膩的菜葉。後者則脈絡分明、線條清晰，連葉子上的菜蟲都歷歷可見。這兩種觀察、創作的角度與手法並不見得互相衝突，但創作者往往有所偏重。重物性則強調質的感受，重物體則強調物之明確獨立的存在。

史耐德詩中的修飾語往往傾向物性的描寫。再以「中秋」一詩爲例，其首句爲：

Down valley a smoke haze

原詩裏「谷」與「烟霧」間的位置關係並不明白。是谷中的烟霧抑是谷那邊的烟霧？但這種語意上的曖昧並不會減低詩的效果；句中最突出的是兩個具體的意象：山谷與烟霧。兩者間位置關係的不明反而增加了朦朧的感受。此外，以「smoke」來修飾「haze」，兩者本是同義字，重疊的使用亦增強了烟霧迷濛的物性。因此雖是一句簡單的詩，卻顯露了詩人獨特的表現手法。

史耐德強調物性、多始原語的特色在「晚雪」中更爲明顯：

---

❼ 同上。見三二四頁。

貝克山上，孤零零地
在刺眼的雪道上
都市座落長谷西邊
想要工作，但在這兒
　被陽光烤炙
在濕巖下、凍湖上
全西北部在罷工：
　黑爐冷却、綠鋸靜止
我只得回去：
　陷在雪峯上
　　在天地間
在西雅圖站隊
找工作。

On Mt. Baker, alone
In a gully of blazing snow:

Cities down the long valleys west
Thinking of work, but here,
Burning in sun-glare
Below a wet cliff, above a frozen lake,
The whole Northwest on strike
Black burners cold,
The green-chain still,
I must turn and go back:
caught on a snowpeak
between heaven and earth
And stand in lines in Seattle.
Looking for work.

詩中「blazing snow」的意象強調雪反射光線的特性，使白雪顯得更鮮明。陽光的炙熱、高濕的山嶺、結冰的湖面，在在強調的是物——太陽、山、水——某一面的特質。在背景的刻劃上，史耐德用的是潑墨的手筆：都市座落長谷的西邊、濕巖下、凍湖上、雪峯上、天地間。呈現在讀者面前的是開濶的視野、無垠的空間。隨手拈一首美國現代詩來比較：

在黑暗中、都市裏
流著
渺小的哈得遜
堤邊
有些小鎮——
煉煤廠的遺跡❽。

所舉的詩是美國現代詩人奧本（George Oppen）的作品。奧本深受龐德（Ezra Pound）與威廉斯（W.C. Williams）的影響，詩中多精練、生動的意象。但上詩處理意象的方式顯然與史耐德不同（雖然史耐德也受到同樣兩位詩人的影響）。奧本以「哈得遜河」爲核心，加上重重的修飾語寫時間（黑夜）、地理環境（經過都市、河堤邊的小鎮）、意義（渺小的）。與前引史耐德的「晚雪」相此詩晚雪」爲潑墨。

再試舉史耐德詩強調物性的例子。在「病婦頌」（Praise for Sick Women）裏有「骨白」

❽ 引自George Oppen, *Collected Poems* (New York: New Directions, 1975), p. 42.

(bone-white) 一意象。骨本是白的，再標明其顏色使「白」更爲突出。在「中秋」裏有「cold snow-water」的意象。融化的雪水本極冰涼，再加上「冷」這修飾語益增加其冷的感受。

在上面所舉的一些例子裏我們也注意到史耐德詩中常用名詞來修飾名詞。茲再舉例如下：

tin cup, summer rain, cedar shade, granite ridge,
bark shred, stone-fractures, Juniper shadow, night-sky,
rasor flakes, mountain roads, March surf, clod ground,
night-meditation, dove cry, mud leaf decay, island hills

像這類「名詞十名詞」的意象不可勝數。英文中當然也有這種用法，但遠不如史耐德詩中（或中文詩）中那麼普遍。其效果一方面如梅與高指出的可以增強物性的描寫（如「錫杯」以錫來形容杯子的材料性質、顏色、硬度等），另一方面也可達到文字簡潔的目的。如詩中以「razor flakes」來形容火山遺留下來的碎石片像剃刀般的銳利。但詩人不用：flakes like razor/razor-like flakes 或 razor-sharp flakes，而僅用兩個字就表達了一具體鮮明的意象。

最後要談史耐德在節奏韻律方面中國詩的影響。英文由於子音的大量存在，在節奏上有明顯的高低起伏。而中文每個字以單音節母音爲單位，子音幾不存在。所以雖然詩中有平仄的間隔，在節奏的快慢及音韻的強弱上不如英詩那麼清楚。試各舉一例（×表示輕音節，／表示重音節）：

／××／× × ／／
Music is feeling, then, not sound;
× ／／×／／ ×／
And thus it is that what I feel,
／×× ／ ×／×／
Here in this room, desiring you.
(Wallace Stevens, "Peter Quince at Clavier")⑨

渭城朝雨浥輕塵　客舍青青柳色新
勸君更盡一杯酒　西出陽關無故人
王維，「送元二使安西」

⑨ 引自 Wallace Stevens, *Poems* (New York: Vintage Books, 1959), p. 4.

英詩中弱音的連續使用，加上子音的緩衝與陪襯，造成流動的、柔和的韻律。英詩中最常用的韻脚是「iamb」（×╱）、「trochee」（╱×）、「anapest」（××╱）、及「dactyl」（╱××），皆有助於這種效果。而中文詩裏少了子音的緩衝，平仄的輕重亦不像英詩裏那麼顯著。在「中國詩學」裏，劉若愚教授曾指出，大致說來，中文詩的韻律節奏比英詩強重但不及英詩委婉(subtle)[10]。

史耐德詩的節奏取決於兩個重要的因素：單音節字彙及兩個以上連續重音節的使用。前者多來自史耐德詩中簡單的詞彙，包括許多始原語及強烈動作感的動詞。以「雨中」(All Through the Rains)爲例：

That mare stood in the field--
A big pine tree and a shed,
But she stayed in the open
Ass to the wind, splash wet.
I tried to catch her last April

---

[10] James J.Y. Liu, *The Art of Chinese Poetry* (Chicago: The University of Chicago Press, 1962), p.38.

For a bareback ride,
She kicked and bolted
Later grazing fresh shoots
In the shade of the down
Eucalyptus on the hill.

全詩共五十二個字，而單音節的字高達四十五個之多。其中除去代名詞、冠詞、和定冠詞，多爲具體生動的名詞與動詞。上面曾討論過的許多詩句也足以證明，因此不再多舉。

至於韻律的表現，「中秋」首段是最好的例子：

/ /×× / /
Down valley a smoke haze
/ / / /×/ / /
Three days heat, after five days rain.
/ / × ×/ /
Pitch glows on the fir- cones
×/ / / /×
Across rocks and meadows

/ × / /
Swarms of new flies.

第一句與第三句每句各有六個音節，其中四個皆是重音。第二句的八個音節裏有七個重音。史耐德詩中最常用的韻腳爲連續二重音的「spondee」（／／）。兩個以上重音節的組合在「白玉溪」中亦極爲明顯：

/ / / × × /
... night air still and the rocks

/ / / × / × / ×
Warm. Sky over endless mountains.

/ / / ×
... hard rock wavers

「新秀寺」（Shinshu Temple）裏的：

/ / / ×
... carved wood panel

× × / / / / /
... and a sleek fine-haired Doe.

或是「京都三月」（Kyoto: March）中的：

× / / / /
... a faint slice west

像這樣的例子不可勝數。史耐德詩強重的節奏本來在英詩裏卽屬少見的，加上他常用單音節字彙、始原語、及強調物性的名詞意象，使他的作品在英詩裏十分突出。而相對的這些特色在中國詩中非常普徧；無怪乎「敲打集」中多首描寫景物的作品頗具中國詩的趣味。

本文首先討論了二十四首寒山譯詩的結構與意義，探討詩中所呈現的悟道入道的心路歷程。然後嘗試以這個意義架構爲依據來比較、分析史耐德的第一本詩集「敲打集」，發現兩者在主題、意象、與技巧各方面，有若干相互呼應之處。「敲打集」可以被視爲詩人對寒山詩獨到的擴充與發揮。兩者共同建立了一個新的象徵領域與文學典型。這種典型的塑造在二十世紀詩壇裏不乏先例。艾略特（T. S. Eliot）的「荒原」（Waste Land）、葉慈（W. B. Yeats）的「拜占庭」

（Byzantium）、威廉斯的「柏特遜」（Paterson）、龐德的（儒家的）「中國」皆融合詩人的思想與文學主張於一中心象徵中。史耐德在兩篇早期作品裏所建立的是一個東方的、中國的、禪宗的典型，它根植在史耐德對禪宗及中國文化眞摯的熱愛與深刻的了解裏，其風格在現代詩中亦是獨一無二的。

道家思想與法西斯主義的接觸

——狄克「在高堡中的人」之研究

柏翠西雅・華力克
Patricia Warrick

狄克(Philip K. Dick)在第一部小說「太陽獎券」(*Solar Lottery*)出版了七年之後，又在一九五五年出版了「在高堡中的人」(*The Man in the High Castle*，以下簡稱「高堡」)。那是他唯一榮獲「雨果獎」(Hugo Award)的小說。這書被視作他創作力旺盛的時期(一九六二—六五年)中的第一部著作。這期間，他寫了被公認的傑作，如「火星人失落了的時間」(*Martian Time Slip*)、「血錢博士」(*Dr. Bloodmoney*)、「埃爾德里治的三個記號」(*The Three Stigmata of Palmer Eldridge*)等。對「高堡」的評論，好壞參半。稱讚它的人說它寫得好，提供一幻想出來的歷史，保持一種敘事的懸疑，同時運用複雜的敘述技巧。但這小說也得到很多貶詞。例如：它中間沒有一個角色的視點能盱衡全局❶；作者犯了政治錯失，因他認爲日本法西斯主義的勝利比德國的好❷；他那複雜的敍事結構和各式人物寫來令人沮喪❸；在結局時亞本德森（Abendsen）告知朱莉安娜（Juliana）德、日眞的打敗仗時，使這小說不成爲科幻小說。

「高堡」通常被當作探討法西斯主義的政治小說來閱讀。很奇怪，作爲小說中心思想的東方哲學卻被人遺忘。有些人注意到書中曾提及「易經」，但只有作者本人曾強調「易經」、道家思想和世界觀在小說中的作用。在「頂點」雜誌的訪問記中，狄克說：他用「易經」來設計「高堡」的布局。他指出，自從一九六一年他開始用「易經」「來在迷惑和不清的局勢中給他指引」。又說：「如果你長期不斷地用『周易』，它會把你轉變，會使你成爲道家，不管你願意與否，或知不知道這名詞」❹。

在「高堡」中，納粹主義的恐怖這個主題，很爲明顯，而且受到相當的注意和批評。但除非

---

❶ Bruce Gillespie, "Mad, Mad Worlds: Seven Novels of Philip K. Dick," *SF Commentary* 1, Jan. 1969. Reprinted in *Philip K. Dick: Electric Shepherd*, ed. Bruce Gillespie, (Carlton, Victoria: 1975), p. 16.

❷ Darko Suvin, "P. K. Dick's Opus: Artifice as Refuge and World View," *SFS*, 2 (1975), p.10.

❸ Gillespie, p.16.

❹ "*Vertex* Interviews Philip K. Dick," *Vertex* (Feb. 1974), p.97.

讀者明白到納粹主義並非專指希特勒治下的德國，了解到它只是一種征服和統治別人的法西斯式傾向（不管它是德國的、日本的、美國的、或蘇聯的），否則，他並未完全了解狄克的虛構的歷史。它其實是一部譴責每一種極權主義傾向（經濟的、政治的、或軍事的）的作品，在譴責法西斯主義的同時，「高堡」又指出一條道德的人可行的路。和法西斯的西方世界對立的是東方的「道」——一個集中於但又不限於田上先生的看法。在小說中，作爲故事懸疑要素的中心張力是在於法西斯主義和道家哲學的接觸。四個主角中，每人都把這接觸戲劇化——在不久將來的科技時代中，在政治、經濟、暴亂、欺詐、變動、和陰謀交織成的大混亂裏，他要面臨一個抉擇。這小說的複雜意義，就包孕在這四個選擇中。這樣的看法，顯示出「高堡」是狄克細心鑄成的小說。每一部分都細密地聯繫着。它對創造一個虛假世界來反映狄克所見的眞實是非常重要的。由於狄克把眞實的大部分看作神秘和不可知，他用來反映這眞實的創作一定要包容這些構成這不可知的性質的基本要素。讀者在閱讀本書時所遇到的困難將被視爲狄克的藝術成就，而不是一些批評家所指的小說技巧的失敗❺。

狄克對納粹思想着迷這事❻，在其他小說——如一九六六年的「沒有順風耳的人」（*Un-*

---

❺ Gillespie, p. 11.

❻ 狄克說，在第二次世界大戰時，他對納粹開始發生興趣：「我在中學專修德文。我同時喜愛貝多芬、舒伯特、和華格納的音樂；我要讀哥德、海涅、席勒的德文原著。……」

teleported Man）——和一九五九年的「瓊斯所造的世界」（*The World Jones Made*）中可以看到，但沒有一本像「高堡」那樣全力地去發展這主題。這小說把日耳曼人的思想描寫成「一種精神病態」，有着「一個不平衡的性質」。但狄克以爲這並不限於德國人。他們不是唯一的。我們也是住在一個狂人當政的精神病世界中❼。

在「高堡」所寫的另一歷史中，德國和日本贏了第二次世界大戰，同時占領了美國。希特勒變成瘋狂，被關在精神病院裏，而博爾曼（Bormann）成爲總理。這些都是科幻小說。但是所有關於德國政治、軍事派系的細節是準確的，只要看看狄克所承認曾參考過的「第三帝國興衰史」（*The Rise and Fall of the Third Reich*）和「戈培爾日記」（*The Goebbels Diary*），就可以證實其準確性了。

被狄克所戲劇化的日耳曼人的性情包含浪漫理想主義的要素，同時當這些要素在納粹主義下配合強力的統治野心時，行將來臨的破壞和文明的沒落便迫近目前。尼采所說的「偉大的金髮野獸」變成吞噬世界的巨大食人者❽。在小說中，那一羣納粹官兵——戈林（Goering）、戈培爾、

---

❼ Philip K. Dick, *The Man in the High Castle* (NY: Popular Library, 1962), 3: 34. 文中引用「高堡」文字都依據這個本子。

❽ 泰勒（Angus Taylor）在他一篇文章中，曾評論狄克在「高堡」中對有破壞性的法西斯觀念的處理，見"The Politics of Space, Time, and Entropy," *Foundation*, 10 (June, 1976), p. 40.。

海德力（Heydrich）和馮斯拉（von Schirach）——代表了法西斯極權主義傾向。雖然讀者未能看到納粹領袖，但從其他人口中的評論得知這些領袖的思想和行動。蔡爾丹（Childan）考查過他們戰後的成就：他們完全消滅了猶太人、吉卜賽人和主日學學生；他們抽乾地中海海水，把該地變成可耕地；在十五年內把非洲的原始民族解決掉；他們在太空探測方面領先，同時作了向月球和火星的第一次飛航。日耳曼人創造「令人鼓舞的偉大夢想」的能力（二章，頁二三），再加上他們出奇的有苦幹和效率的天才、和科技，使整個地球陷入混沌之中。但蔡爾丹想：「他們不知他們自己對別人做了些什麼，和做成了怎樣的破壞。」（三章，頁三四）。

朱莉安娜想到那從希特勒的病態腦袋中想出來的主意，它演變成「一個政黨，然後一個國家，再後半個世界。」（三章，頁三一）像邪惡的孢子，那些金髮德國人把污染散佈給全宇宙。第一次見阿祖（Joe Cinnadella）的時候，她就認得出從那個被一種破壞傾向驅使的刺客所發放出來的死亡氣息。這問題在於日耳曼人的思想沉迷於理想和抽象的事物中，而與圍繞在左右的社會現實脫節，貝恩斯（Baynes）本身是德國人，對他們那種破壞衝動給我們一個深刻的見解：

> 他們的看法認爲那是宇宙性的，不是一個人、一個小孩那麼具體，而是像種族、國土這些抽象意念：人民、土地、血緣、名譽。也不是一個值得尊崇的人，而是尊崇本身。他們以爲抽象是眞的，而實際是看不到的；善的，但不是

一個或多個好人。這是他們對時空的感覺。他們超越了當前的時空而看到遙遠而深沉的、那不變的黑暗。這對生命是致命的，因爲「宇宙」終於會沒有生命。在以前，太空除了塵粒、熱氫氣外一無所有。這情況將來會再出現。現在是過渡期，一瞬。宇宙的運行是忽促的。把生命再壓成塵土和沼氣。一切是暫時的。這班人要幫自然一把勁，把生命推回到「未生之時」。他了解到他們要做歷史的代表人，而不是它的受害者。他們與上帝的能力認同，以爲自己也是神。這是他們的基本狂態。他們給某些原型冲昏了頭腦；他們的自我膨脹到不知人神分界。這不是悲劇自傲（hubris），而是自我的極度膨脹。人沒有把神吃掉，却給神吃掉了。

安殊伯特（Jean-Michel Angebert）的「第三帝國與邪術」（*The Occult and the Third Reich*）是對狄克所描寫的宗教狂熱的一個廣泛的研究。安氏從納粹的宇宙觀看出希特勒是一個啟示的先知，而第三帝國是世界末日前的千年盛世（Millenium）❾。這新時代只在舊社會毀滅

---

❾ 安氏的文章原在一九七一年在法國發表。它以爲納粹主義迷於理想事物，進而成爲一個秘密的、魔鬼式的新異教的信仰。在前言中，他認爲納粹的宇宙論是一個複雜的歷史、哲學、宗教、社會、邪術的結合，由古代一種新異教的思想所培養……。

之後才到來。

在「高堡」所描寫的納粹恐怖在總理博爾曼死後各派競爭總理一職而達高潮。田上這細小的日本官員淌進這渾水中，他不能明白法西斯式的性格，因爲它和道家思想是不同道的。他的結論是納粹黨人似乎要決心提升自己而又要犧牲自己（六章，頁七六）。同時，德國的極權社會和生命中某種錯誤很相似（十二章，頁一四八）。弗林克（Frank Frink）亦想要了解德國人的思想，斷定它是返祖的〔卽倒退到原始的情況〕；它代表一種穿了消過毒的白色實驗室外衣的人在實驗一個可把人的頭顱、皮膚、耳朵、脂肪等物都可放進去的用法（一章，頁一三）。它令他感到恐怖，這樣一個人類費了百萬年來躲開的古代食人的巨大原人會再出現來統治這個世界。

一、讀者只間接知道小說中那些代表法西斯主義的納粹高官的思想和行爲。但相反地，他直接碰上了道家思想。田上、弗林克、蔡爾丹、朱莉安娜和那對叫比提和保羅的日本夫婦都來界定道家觀點的各方面，而他們每人都用「易經」來幫助決定在不定的情況下的適當行動。

要看得出「高堡」的複雜性和明白它的意義，一個粗略的對道家思想和「易經」的了解是必需的。道家思想的兩本主要書籍是「莊子」和「老子」⑩。由於道家對現實世界的看法和西方的基本上的差異，要容易地掌握它的看法是不可能的。因此，我們在這裏並不企圖對道家作一概

⑩ H.G. Creel, *What is Taoism?* (Chicago, 1970), p.5.

括性的定義，而只是指出它和西方理性主義的本體論的主要不同之處。

「道」這觀念是中國哲學的中心，狹義來說，它是路，或進一步說，當行的路或自然的道理。廣義來說，道在「道德經」中是宇宙間統御一切的原理。自然界中的動物是從道生出來的，而且是它的一部分。人因爲是在道中，不能跳出來去界定它。「道德經」一開始說：「道可道，非常道。名可名，非常名，無名，萬物之始。」[11]

道家的宇宙論並不把物質看作空間中的分離的、供建築用的方塊，和可任由觀察者去研究的東西。道家避開這靜態的、分離的對現實的看法，而持着一個流動的現實觀。它以爲物質和它的運作在連續時間中是不能分開的。現實是時間變動的網，一個無縫的、不斷運作的網，充滿了擺動、波動和輕微起伏做成的模式。運作是不休止的，因爲沒有一件事物是永恆的。一個觀察者本身是塵網中一個構成分子，所以他不能去說明它。他以爲超脫後作出的說明實際上是虛構的。雖然這些說明或許有用，但我們一定要了解到這是他的腦海中的幻想而已[12]。自然不斷的流動是宇宙一個把萬物合而爲一的過程，而使萬物（包括意見）齊一[13]。天、地、人合成一個單一的、不可分割的整體，由宇宙間的規律所管轄。

---

[11] Lao Tsu, *Tao Te Ching* (NY, 1972), p. 1.

[12] Philip Rawson and Laxzlo Legeza, *Tao* (London, 1973), p. 10.

[13] Wing-Tsit Chan, trans., *A Source Book in Chinese Philosophy* (Princeton, 1963), p. 177.

讀過這道家對現實的描寫後，我們會對它和現代物理學所說的現實異曲同工。這事實令人深有印象。李約瑟（Joseph Needham）在「中國科學與文明」(*Science and Civilization of China*) 第二冊中已注意到這相似之處。卡普拉（Fritjof Capra）的「物理學之道」（*Tao of Physics*）是較近而又較詳細地對現代物理學的概念和東方哲學、宗教傳統的關係作一研究。卡普拉的結論是：西方基於理性的科學，和東方的由直覺所得的神秘主義同時得到對現實的相似看法。

> 我們看得出二十世紀物理學的基礎—量子論和相對論——怎樣地迫使我們對世界的看法近似於印度教、佛教和道家的看法；和在我們近日嘗試把這兩個理論合起來去描畫超出顯微鏡下的世界的現象（那些構成物質的小於原子的質點的性質和連鎖反應）時，怎樣地加強這個相似之處。現代物理學和東方神秘主義的相似處是最令人觸目的。我們……時常聽到一些言論，但很難說得出它們是由物理學家或神秘主義者所發表的⑭。

道家思想的基本概念是陰和陽。這派思想認為萬事萬物都由這兩種力量的相互作用而產生。

⑭ Fritjof Capra, *The Tao of Physics* (Berkeley, 1975), pp. 18-19.

陰代表負面原理：被動、屈服、破壞、寒冷、潮濕、黑暗、神秘；它是山的北面，水的南面，是水和陰暗的基因。陽是正面原則：活動、堅實、創造、溫暖、乾燥、光明；它是山的南面，水的北面，是陽光和火的基因。

道家思想把現實描寫成一對相反原則在一活動過程中互相不斷作用：它的外表是動的，不是靜的。「結果是一個有秩序的自然，不是混沌。在活動過程中有矛盾，也有和諧。在現實中，繁複中有一致。在表面的二元論和多元論。在每一情況下是一個一元論通過辯證關係的呈現」⑮。這包含在陰陽理論的補助現實觀，使我們想到現代物理學對自然的補足性的說法。提倡補足性說法的波爾（Niels Bohr）也知道它和中國思想的相似點⑯。

李約瑟曾評論陰陽觀念和黑格爾辯證法的關係，指出矛盾之後的融和在道家書籍中亦見得到⑰。黑格爾本人亦懂得中國思想。在一八一六年他在海德堡大學講述哲學史時曾提到道和老子⑱。

陰陽二元論和西方哲學的二元論基本上的不同在於陰陽彼此並不衝突。明與暗、善與惡並沒

---

⑮ *A Source Book in Chinese Philosophy*, p. 245.

⑯ Capra, p. 160.

⑰ Joseph Needham, *Science and Civilization in China*, 2 vols. (Cambridge, UK: 1956), II, 76–77.

⑱ Chang Chung-yuan, *Tao: A New Way of Thinking* (NY, 1975), pp. vii–viii.

有鬪爭，它們只是太一的補足者；而二者亦爲宇宙秩序所需。道德之途包擁了這相對原則所達致之和諧，而萬物之原的道是這秩序的源頭。每個人的目的和工作是要尋求道——兩個相反原則的平衡及和諧。我們要避免「有爲」，企望「無爲」。但人不應致力於「無爲」；剛相反，「無爲」由「無所爲」及無所求而達到。自然——不着力的隨時流轉——達致和諧。除了對邪惡的存在外，狄克也同意道家思想。他認爲邪惡是眞實的，不是相反原則的不平衡所致。他說：「關於邪惡，我是祆教式的。我信仰有知的二元論的說法——這世界是由一被智慧所推翻的邪惡或假神所造的。」⑲

「易經」是道家所喜用的儒家經典。宇宙不斷的流行並非是隨意的或混亂的。它是依着一有秩序的模式和循環而流動。它提出理性的對待一個有良好秩序的和充滿動力的宇宙的方法⑳。「易經」把這些變化的模式用六十四卦來代表，每一卦由六爻組合而成（陽爻用一代表，陰爻用--代表）。每一卦又由基本的八卦組合而成，當然，這基本的八卦也是由三個爻構成。這個作爲六十四卦的基礎的三角形〔指三個爻〕是「高堡」的主要象徵。弗林克用它來製造一包含「無」的銀飾物。而「高堡」所有中心人物都經常請教「易經」。

二、在「高堡」裏狄克把敍述形式、人物、象徵和主題合起來，去描寫被納粹法西斯主義者

⑲ 一九七七年十月二十七日狄克的私人函件。

⑳ *A Source Book in Chinese Philosophy,* Chapter 13.

的狂熱追求，導致相反互補原則所做成的和諧臨於深淵邊沿上的世界。狄克從道家思想汲取智慧。我們會發現，他似乎覺得需有一修正的世界觀。由於科技的發展，核子彈被引進入當代世界中，隨意會發生核子大災難。這個極端的不爲古代思想家所預料到的新發展，使到道家以爲邪惡非實存的看法要被修正。根據狄克在「高堡」中的意見，德國的科技專門知識和法西斯的狂熱行動結合成爲要控制全球的不可抗拒的傾向——即使以核戰作爲代價來達到目的也在所不計。這是人類歷史上的特殊發展。結果是中國古代的宇宙觀一定要修正（正如「高堡」所建議的）。故事追溯出田上的良知——代表道家思想——的演變過程。他遇上納粹要統治國家、世界、宇宙的傾向，和它爭持，最後被它所改變㉑。

蘇文（Darko Suvin）在分析過狄克的講故事技巧之後，指出狄克既不用舊式的全知講述方式，又不用以一中心人物作第一身的敘述㉒。他構築成一個敘事網來包容一大堆人物，而選擇其中一些作爲敘事焦點㉓。這敘事形式對一些讀者和批評家可能是麻煩和艱澀些，但它對狄克和道家所抱有的世界觀（任何事物都彼此相連、無一是基本的、或超越他物的）來說：它是必需的。

㉑ 關於「易經」，參考 John Blofeld, *I Ching* (NY, 1968), Chapters 3 and 4; James K. Feibleman, *Understanding Oriental Philosophy* (NY, 1967), Chapter 14.

㉒ Suvin, p.9.

㉓ 奧爾廸斯（Brian Aldiss）曾相當詳細地探討這敘事網，見 "Dick's Maledictory Web: About and Around *Martian Timeslip*," *SFS*, 2 (March, 1975), pp. 42-47.

狄克的小說世界是以他所能解釋的現實世界爲藍本。弗林克在用蓍草來決定他在他的境況下應有的行動時，知道他自己

> 植根於他所生活的時間裏，他的生命和宇宙中的小點聯繫在一起。……在他應用蓍草來從一本公元前三千年已開始被人應用的書裏選擇正確的智慧的一刹那間，他、朱莉安娜、高街那家工廠，那統治別人的貿易團，星球探測，在非洲的億萬種現在還未弄死人的化學物堆，在三藩市陋室住的數以千計的人的冀望，在柏林的面貌平和而滿腦瘋狂計畫的瘋癲生物等都聯結在一起。這本是中國五千年前聖人所作的書，經過去粗存精，完成了這高超的宇宙論和科學，並把它符號化。成書的時候，歐洲人還未懂複雜除法呢。（一章，頁一五）

由此，在這一段在「高堡」中很早的文字裏，狄克已告知讀者他敍事網中的人物和情節。故事由一個做一份微不足道的小人物弗林克因說錯了一句話而失去了工作這件事所帶動。正如弗林克倔強地說：「如果你放屁，你不能不改變了宇宙的平衡。這成了一個滑稽笑話，但無人發笑。」（四章，頁四一）

雖然敍述網要我們從連綿不斷的時間來看「高堡」中的人物，但我們仍可爲了討論的方便把

他們分為幾類。蘇文把他們分為三品㉔；不過，我建議只分為內、外兩組，因為我現對「高堡」提出道家的解釋，故此我要避免用「高」「低」等有價值判斷的名詞。那「三藩市故事」——外在的層次——和社會生存實況有關；而那「科羅拉多故事」——內在的層次——因沒有對「三藩市故事」中的情節作任何冲激，故最好把它視作「三藩市故事」的詮釋——對那些情節的內在意義加以發明。我們會發覺闡釋外在現實事情的內在意義是這小說的主要目的。在這種經和傳形式的寫法，狄克依從了「易經」的結構。

在「三藩市故事」中有三個片段：⑴政治的，以田上為中心。他間接地在博爾曼總理剛死而各派系爭權的時候和納粹優秀分子接觸。貝恩斯是這東方的和法西斯的立場的中介人。⑵經濟的，以蔡爾丹為焦點。他代表售賣社會出產的製成品。這種生產力以大量生產和個人創作方式出現。⑶工藝的，以弗林克作為焦點來敍述個人如何創造一件工藝品，他首先製造毀滅性的工藝品——柯爾式手槍，後來轉去創造飾物。他的最令人感興趣的工藝品是個銀三角。它在田上的危急關頭起了很大作用。在「三藩市故事」的三個角色——田上、蔡爾丹和弗林克——每一個都經常參考「易經」，同時當要作選擇時，用它的答案來作指引。

在那內在的或「科羅拉多故事」中，朱莉安娜是中心人物，她亦常用「易經」。她是「一個

㉔ Suvin, p.9.

魔鬼，一個地下幽靈」（十五章，頁一九〇），一個弗林克所認爲的「神秘生物，由上帝直接的、眞確的創造了而爲了某些原因交給了他。」（一章，頁一六）。這些暗示使我們要超越文字層面，從象徵角度來看她。字面上，她是弗林克的前妻，在科羅拉多州卡農城做教師，她和納粹刺客阿祖有聯絡，有意去毀滅那創作藝術家亞本德森。在她毀滅了阿祖之後，她以爲可以回到弗林克那裏，而那時他正在用金屬做工藝品。在亞本德森的科幻小說「蚱蜢成爲重擔」(*Grasshopper Lies Heavy*，以下簡稱「蚱蜢」）的讀者中，只有她能直覺地看到那書的內在或眞的意義。她作爲讀者和「高堡」所呈現的宇宙之間的中介人，提供發現狄克小說的內在或眞的意義的一支鎖鑰。

在「高堡」中有幾個象徵用作狄克要倡議的幾點意見。其中兩個是弗林克所造的工藝品——柯爾式手槍和銀三角飾物。雖然，弗林克未曾直接遇着田上；但在田上的感情危機時，他的飾物給予他一點靈感。而在較早時所發生的生命危機中，那柄手槍（是眞的或複製的，書裏沒有說）救了他一命。「高堡」裏有兩本書是重要的象徵。其一當然是「易經」，另一是「蚱蜢」（它描寫另一幻想的德國和日本戰敗後的將來）。除了朱莉安娜外，那些讀「蚱蜢」的人物和讀「易經」的人物一般是不同的。表面上這兩本書一舊一新，似乎沒有任何類似之處。深一層說，相同的地方是有的。「蚱蜢」和「易經」都和轉變有關。因爲現實和物質都不是定形的、靜態的。「易經」描寫陰陽消長；「蚱蜢」的書名已暗示相似的模式。書名是來自舊約聖經「傳道書」十二章五節。這節聖經描述宇宙有一天會改變，高的變成低的，光明變成黑暗，善變爲惡，並且警告世人不要過於虛榮。這兩本書和「高堡」都提出宇宙是在不停變換中的看法。當一個界說提出之後，它立卽便會過時，因爲轉變把原有意義抵消了。

三、故事情節、人物和象徵一同突出幾個，不單在「高堡」，而且是狄克其他的小說中的主題。這些主題互相扣緊，難於分開和有簡明的解說，正如難於有適當的答案一樣。狄克描寫宇宙間有一「混亂的性質，但對他來說是不必驚慌的。」㉕「高堡」包容了這不能解釋的性質，故不容任何分析。它的意義只可意會，正如在小說結尾時朱莉安娜意會到「蚱蜢」的意思一樣。當我們分析這些主題時，我們應知道在小說中它們是這麼的清楚的。主題之一是探索蒙蔽着眞實的幻象的網。田上了解到我們只可以通過玻璃朦朧地來看眞實……我們的時空是我們心理的創作（六章，頁七二）。清醒的領域和瘋狂的世界很難清晰地被分開來。因爲清醒的人所認爲接觸到的現實是不可知的。在他稍後的小說「火星人失落了的時間」裏，狄克對這主題作更進一步探索。在「高堡」裏這主題是存在的，卽使並不是籠罩全篇。通篇小說中，人物和情節所給予人們的初步印象是：他們在蒙蔽着一個眞實的幻象，WM公司表面上是做生產鐵樓梯、扶手、和火爐的生意，而實際上它的不法和眞實的生意是仿做戰前的工藝品。貝恩斯表面上是瑞典鑄模工廠的營業

㉕ "*Vertex* Interviews Philip K. Dick," p.37.

代表，而事實上是納粹黨其中一派系的成員。八田部對人說是來美國西岸養病的退休老人，而骨子裏是日本政府派來和納粹黨連絡的手出木將軍。阿祖不是一個黑髮的意大利貨車司機，而是納粹刺客。沒有一個人或一件事和初時所見到的完全一樣。

第二個主題和眞實的幻象性質這主題很相近。它探索人爲和眞實之間的關係。人是工匠、製造者，他的工作是創造（做飾物和寫科幻小說「蚱蜢」等），同時又是破壞（做槍械和原子彈）。我們對工藝品應該怎樣看呢？如同其他在小說中的問題一樣，答案是模稜兩可的。但對歷史性和眞實性的討論指出了解答的方法。這討論集中於美國內戰時期的一柄柯爾式手槍的眞實性（第四章）。這柄槍後來發現是由弗林克所仿造的。但它是柄眞的手槍，可以殺人的。在貝恩斯和八田部被納粹流氓恐嚇時，田上眞的用它來殺人。在羅斯福被暗殺那一天，他口袋裏那「眞」的齊普（Zippo）打火機〔一種便宜的打火機〕不能和假的分出來，「除非你事先知道。」（五章，頁五〇）。它的眞實性是用一紙文件來證明，但「這張紙，不是物體本身，才能證明它的價值」。我們除了那紙上的文字外，永不能進一步更接近眞實。

那麼藝術家的作用又是什麼呢？這又是狄克書中一個主題。蘇文在他的文章「狄克的作品：工藝品作爲避難所和世界觀」（"P. K. Dick's Opus: Artifice as Refuge and World View"）中曾詳細討論過這主題。在「高堡」裏面兩件藝術品擔當了創造性的角色——弗林克所做的銀三角和亞本德森所寫的科幻小說「蚱蜢」。銀三角包含「無」，它是這麼一小塊（十一章，頁一三〇），沒有特別的形狀。它是道家的基本形式——一塊。克里爾（H. G. Creel）在討論道家「大塊」的概念時說：

如果人能進入宇宙中心時，便進入最神聖所在。他會找到非常簡單的一塊，因爲它和我兩足所站的大塊一樣；同時，它又非常神秘，因它難以理解。沒一件物件可以絕對的被人了解。人的思想並非專爲絕對地了解每一件東西而構造的機器。宇宙間亦沒有一件東西是人所培植的。我們所謂人的思想是一複雜的作用，和「人的消化」的複雜性相似。所有消化是好的，因爲有了消化，就可解決人的問題；一些消化比另一些好，但沒有一完全的消化，亦沒有一絕對標準來衡量它。同理，所有思想是好的，因它解決人的問題，有些思想可能比其他好些，但沒有完美的思想，亦沒有絕對眞理。由此，每一個人的思想是值得考慮的。沒有人可說他自己的思想可以完全毫無疑問地被接受的㉖。

對道家來說，眞實並不是在另一理想世界中，而是在這萬物世界之中。這使我們想起那在一

㉖ Creel, pp. 35-36.

粒沙中看到世界的詩人布萊克（William Blake）。

和歷史性相對而言，那銀三角有它的眞實性。它在現時中存在。同時正如保羅所解釋的：「它總屬於道，……它是平衡的。在這飾物中的各種力量是穩定的。在靜止中，可以這樣說：這飾物和宇宙彼此得到和平。」（十一章，頁一三〇）。它所包容的「無」也是另一複雜的道家觀念。李約瑟綜結「無」這觀念，以爲它是「讓萬物依據其本身的原則達致其命運。」和「無」相對的是「爲」——「迫使他物照個人利益去做，不管它們的內在原則和所依賴的權威。」㉗

狄克使那年輕日本人保羅負起解釋眞的藝術如何作用這個工作：

> 沒有歷史性，沒有藝術或美學價值，而又能占些輕微的價值，那是奇妙的事。就因爲它是一個可憐的、細小的、看起來沒價值的一塊；就……使它含有「無」，因爲「無」通常是在最不耀眼的地方找到，正如基督教的名言說：「被建築者遺棄的石塊。」一個人會在一枝舊手杖，一個生了銹的啤酒罐，體驗到「無」。但是，在那些情形下，「無」是在觀者心中。這是一種宗教經驗。現在，一個工藝者把「無」放入一件物體內，而不是只看到它所含的「無」。

㉗ Needham, p. 71.

換言之，它指示一個新世界給我們。它的名字既非藝術，因它沒有形狀，但亦非宗教。它是什麼呢？我曾不斷地想着這別針，但不知道它的意義。顯然地，我們欠缺適當字眼來形容它。……它實實在在是這世界上一個新事物。（十一章，頁一三一）

「蚱蜢」這科幻小說達到了和這飾物相似的意義。一塊的，包含了「無」。它的一個讀者說：「小說，即使低級小說，它引起人的興趣的力量是令人驚異的。」（八章，頁九五）。從狄克爲我們建造的鏡殿裏退一步來看，我們會了解到眞實世界的科幻小說（例如「高堡」）亦可能是一種新形式，包有「無」的一小塊，和指出一全新世界。

第四個主題可能是「高堡」中最重要的一個。它是信仰的需要。田上在他個人的危機中，替所有陷入世界危機的人物指出他們的處境並叫出：「我沒有信仰，我現在胡亂信些不足信賴的東西。」（十四章，頁一六七）。他暫時被他的進退兩難處境，破壞了他的信仰，但他知道「我們一定要對某些事物有信仰。如果光靠我們自己，我們不知道答案，我們不知未來。」（五章，頁五五）。小說中每個人物，在面對德國準備在蒲公英行動中用核戰來毀滅日本而會引起焚燒和混亂時，都在找尋着一種超越的意義。狄克在一九七〇年給「評論」雜誌寫的信中，討論這信仰的尋求時說：「我所寫的是關於信念、信仰、信託，……或這三者的缺乏。……對我來說，在每一本這些年連續出版的小說中，懷疑——或缺乏了信託或信仰——更爲加深。這裂痕像地面上的缺口漸寬，所有有關的事物都可掉進去。」㉘在「我們祖先的信仰」的後語中，狄克提議儘管上帝是長時期的禁忌，祂可以作爲科幻小說的恰當題材。他說：「我自己對上帝沒有眞的信仰：只有我的經驗知道祂是存在的，……當然這是主觀的：但內在領域也是眞的。在科幻小說中作者把個人內心經驗投射到場景裏，它變成眾人共有，故可加以討論。」㉙

四、小說中的敍事節奏或轉變過程在每一故事中心人物面臨抉擇時，便會達到高潮，在「三藩市故事」中，這些人物是蔡爾丹、田上和弗林克；在「科羅拉多故事」中則是朱莉安娜。正如狄克評論自己的小說所講的話：「它們沒有布局，只有一班人物去追尋一個布局。」㉚狄克在這種要求甚高的敍事形式得到成功，是値得我們讚賞的。寫或讀這種小說不是簡單的事㉛。沒有像中國書法能捕捉得狄克式的敍述方式的一個視覺形象來得那麼恰當——曲和直的筆畫造成一個架構，每一部分和其他部分都有關聯，但不是直接的。隨着一條線我們彎曲地走之字路似的穿過整個布局，但它並不給我們一個中心的敍事的軸心。圍繞着它像車輪般的是其他人物，由主角的觀點和他們連成輪輻和軸心相接。狄克的敍事技巧可能是艱深的，但如果要他的小說世界像一面

㉘ Reprinted in *Philip K. Dick: Electric Shepherd*, p.45.

㉙ Harlan Ellison, ed. *Dangerous Visions* (Garden City, NY: 1967), p.215.

㉚ *Electric Shepherd*, p.65.

㉛ Fredric Jameson, "After Armageddon: Character Systems in *Dr. Bloodmoney*," *SFS*, 2 (1975), pp.31-42. 這篇文章討論狄克的敍述技巧。

鏡子般捕捉和反映他對眞實世界各一方面——個人、經濟、政治、和宇宙觀——的主要看法的話，那是必需的。

談及敍事節奏，如果我們把全書十五章看作一個卦，會有點兒幫助。卦的三邊每一邊有五章。當我們讀小說時，起初五章的每個中心人物的短暫平衡被擾亂了。各個活動都互相聯繫（通常不是直接的），但在敍述網中某一部分的每個情節所產生的振動，其他部分都可感到。小說的節奏由一小事帶動：弗林克對溫德姆馬特森(Wyndham-Matson)說錯了話而丢了工作。而當弗林克掩飾着身分在店裏揭露那柄柯爾式手槍是假的時候，蔡爾丹失去了平衡。又當納粹黨人貝恩斯和田上接觸並告知他八田部要來的時候，田上（一個西岸貿易團團長）感到不安。事情的變化使這細小的日本官員陷在國際政治陰謀的核心裏。朱莉安娜在卡農城遇着有死亡氣息的阿祖，他使她不幹空手道教師而帶她進入一個狂熱、暴力和富破壞性的世界裏。

在小說的第二部分，故事發展到每一中心人物都要決定他的路向，當博爾曼總理之死引起德國幾個派系爭奪遺缺時，故事推進到一個危機。

第十一至十五章是故事的第三部分。在這裏每一中心人物需要作決定去做些事，但應做什麼又不太明確。田上的危機是最戲劇化的，而他一定要做的事是最極端的。他需要殺兩個人的決心所引致的心理危機在第十四章戲劇化地被描述出來。這一章實在是狄克寫得最好的文章。第十五章是關於朱莉安娜的，它闡釋了亞本德森小說的內在意義，並且在回顧中（如果讀者能掌握那難於捉摸的眞理的話），也闡釋了「高堡」的內在意義。

蔡爾丹是第一個作選擇的人。他的選擇是經濟的。保羅說出了蔡爾丹的別個可能的選擇。他有機會大量生產弗林克的飾物而致富。要這樣做一定要把眞實藝術庸俗化，把飾物變爲小飾物作爲壓勝物出售給南美和東方人。「無」和眞實就會失去。蔡爾丹面臨的選擇並不簡單，模稜兩可是所有境況的主要形容詞。經濟、政治和藝術家的境況都是模稜兩可。在田上要作選擇時，他幾乎承擔不起。他會叫出：「我不能面對這兩難情況，人一定要在這含混的道德下做事，沒有一條路，一切都模糊：光與暗、影子與實物的混亂。」（十二章，頁一四〇）。「下等的人」應怎樣做，「高等的人」應行那條路？（十一章，頁一三四）㉜。

蔡爾丹在和貶低藝術去賺錢的誘惑相持時，曾有一個短時間「浮出表面」「把當時模稜的情況分析開來」，找到一條路。（十一章，頁一三五——三六）。他決定不去貶低藝術：「我以這藝術品自豪，我反對把它變成垃圾般沒價值的壓勝物。」

弗林克這藝術家對手做飾物沒能售出感到沮喪。他要否繼續做金屬藝術家的決定，沒有蔡爾丹的那麼戲劇性，但和政治環境有更深的聯繫。情節的網帶引蔡爾丹對批發商卡爾文（Calvin）投訴關於那假的柯爾式手槍，又使卡爾文向有關當局告發弗林克是猶太人。弗林克的被捕打斷了

㉜ 參考 Fung Yu-Lan, *A History of Chinese Philosophy*, 2 vols. (London, 1937).

他對前途的考慮。後來，由於田上拒絕簽署一張引渡他去東德服刑的文件，他獲釋了。但他對被捕和獲釋的原因都不明瞭，他的結論是他永不明瞭任何事，而一切都只是隨緣而行。他一定要再回去做飾物：「只做不想，不向上看和不嘗試去了解。」他代表直覺的藝術家，他依着潛意識去做，不能用邏輯去分析或了解。

相反地，田上是一個有理性的人，他的選擇是最戲劇化的。而且，他的決定最難作出：因為每一個可能的決定都不為這上等人所接受。狄克在一封給「評論」雜誌的信描寫他的發展布局的方法，我們可以看到他在這小說如何把它運用。「在我的小說中，主角的舒適的個人世界在瓦解中，而另一可怕的、神秘的、不可解的大的世界在膨脹中——從已存在的元素——充塞這虛空」㉝。田上的價值觀在小說一開始就很清楚，它是和納粹的直接相反，「沒有人應做別人需要的工具。」（五章，頁五七）。「哲學的參與和狂熱一定不要蒙着我們，以致不能看到眞實的人和事實。」（五章，頁五八）。他有好人心裏的信仰，有時被鎖在兩個熱情的陰爻間，但中間的陽爻仍在閃動發光。（六章，頁七〇）。但他五次和納粹人會面，每一次都把他推離他在最初幾章中當他請教「易經」時所表現的平靜的平衡。田上曾對貝恩斯說：依着五千年前的舊書似乎是無稽的，但它是活的，有精神的而又能答覆向它提出的問題。（五章，頁五五）。

㉝ *Electric Shepherd*, p.32.

最後，他發現情況是如此的極端，他被迫修正道家對宇宙間的邪惡的觀點。當他聽到納粹的候補總理遺缺的名單（包括戈林、戈培爾、海德力、馮斯拉，賽斯英夸特）時，他被推離他對宇宙平衡及和諧的自信。每一個候選者都是凶殘的。他想：「我要發瘋了，……邪惡在這裏，它是實在的，像水泥一般。……我不能相信它，我不能忍受他，邪惡並非只是一個觀念。」（六章，頁七三——七四）。他不能了解為甚麼這世界會被他們其中一個來統治。他的結論說：「我們是瞎眼鼹鼠，在泥土爬行，用鼻子來感覺。我們一無所知。」當他讀「易經」時，它沒有幫他，只是顯示出那是靜態的壓迫的時候。

在田上和貝恩斯最後見面時，手出木也有參加。貝恩斯叫這兩個日本人支持納粹最惡毒的政治派系黑衣黨的首領海特力，因為他們反對戈培爾的蒲公英行動這個核子偷襲計畫。田上不能面對着這進退兩難境地。——一是為了救我們的生命被迫去幫助邪惡去攫取權利，一是被牽入恐怖的精神病的汚池——納粹的兩敗俱傷的陰謀。當他，一個相信所有生命為神聖的佛教徒，被迫為了保護貝恩斯而殺了兩個人，他的道德的混亂是全面的。他只有一句話：「令人嘔心。」

田上的道德混亂和失望的過程值得我們仔細去考查，正如我們剛才所作的一樣，因為這是在狄克小說中重複又重複出現的模式。坎卦在現代世界中常常出現，而敏感的心靈則被行將到來的浴血恐怖使到要作嘔（十四章，頁一七五）。無人可以逃脫或躲藏起來，卽使是小人物也不例外。因為我們都在現實的網中生存着。「血錢博士」那些後期小說會描寫核子恐怖以後的世界。

而「高堡」的時間則是在恐怖達到高潮的時候。

對狄克來說，熱能〔指核子分裂所發的熱力〕在這世界工作着，那是毀壞着主角的個人世界的力量。狄克說：「我個人構思把破壞力擬人化，作爲一種活動的邪惡力量。我又構思它會最低限度在一短暫的時間內勝利。雖然或許不是最後的勝利。對，這是反上帝的，如果你把『上帝』當作『創造者』來看，(這和我的意見一樣)。我和馬丁路德一樣，相信有一活躍的撒旦整天的工作。」㉞正如狄克在「高堡」表示：我們生命的可怕的兩難是：「發生的事情都是不可比擬的邪惡，那麼，爲甚麼掙扎呢？爲甚麼選擇呢？如果一切其他可能的事都是一樣的話。」(十五章，頁一八〇)。

但狄克並非完全是個虛無主義者，像他所說，在他的每本小說中，最少有一人有信仰——救贖者是存在的。

> 他生存着，通常在小說的某一處，在舞臺的中心或邊緣上可以找到他。在一些小說裏，他只是躲在一邊，他不則一聲，但我完全相信他。他是一個朋友，最後一定會出現……而且很及時。
>
> 基本上，在人類生命的心臟可以找到他。事實上，他是人類生命的心臟，他是

㉞ Ibid.

最活躍的。在閒談、爭議、流汗、計畫、憂慮、圖謀這些活動左右一切時，我有信心的說：他存在，而且要出現來逆拒焚燒〔指核戰〕和日漸侵蝕世界的腐朽過程。星星被熄滅，恆星死了，變成黑暗和寒冷；但在某一個月球上的市集中，他會忙於計畫一切行動——對抗那黑暗的反動力量，那埃里德烈治（Palmer Eldridge）的恐怖形象[35]。

在「高堡」中，救贖者是田上，但他被納粹的邪惡搞得昏頭轉向，要到他恢復了信仰，才能繼續做事。通過那銀三角，他得到醫治。這三角是金屬做的，是陰性的，但田上這樣看它：

在陽光下，這銀三角閃耀着，它反映光、火焰……不是陰濕或黑暗的物件。不重，不疲倦，而是有生命的躍動。在高的領域中，是陽的一面，天空的，輕靈的。這都適合藝術品的性質。是的，那是藝術家的工作：把礦石從黑而靜的泥土裏取出來，把它變成反映從天而來的光的物體……陰的體，陽的精神，金屬和火結而爲一，裏外合一：微形世界在我手中。（十四章，頁一六九）

---

[35] Ibid., p. 45.

當田上在陽光下拿着閃爍的三角在手掌上，而心裏感到一種轉變時，他發覺一個警察站在他上面擋住那光源。他痛苦地說：「我得到涅槃的機會……給這個野蠻的『北佬』搞吹了。」（十四章，頁一七〇）。狄克在這裏創造的意象是非常有力的，它捕捉了他在小說中所戲劇化地表現的衝突的要義：西方的專制主義反對着藝術和道家的道。

但田上並不絕望；他現在知道他要怎樣做——他要回到世界中，卽使他要走那條修得最壞的阿姆巴卡達羅公路，也在所不計。一羣小孩替他找到一部計程汽車。（在「血錢博士」裏小孩是希望的先導，而狄克在別處也表示他信小孩是救世者）㊱。弗林克的工藝品幫他回復平衡後，他在回到他的辦公室時，他拒絕准許把弗林克遞解到德國地區。這樣，他救了弗林克，如同弗林克救了他的內在生命一樣。

朱莉安娜的選擇時刻和弗林克、蔡爾丹和田上他們的是如此的不同，所以我們很難稱之爲「決定」。當她一了解到把阿祖殺掉才可以救回亞本德森時，她幾乎是在不知不覺的情形下做出這件事來。她殺人的一幕和田上的是平行的，但他是條分縷析地、邏輯地去做，而她則是直覺地去做。她的直覺知識引導我們了解「科羅拉多故事」的意義——內在眞理的戲劇化表現。田上不懂得這眞理，雖然他得到第六十一卦〔中孚〕的指引。但他還是不曾完滿地明白這眞理（十四章，

㊱ "The Android and the Human," in *Electric Shepherd*, p. 55.

頁一七七）。朱莉安娜是內面的眞理，直覺的，超邏輯的。她象徵造成宇宙的精神或眞實；包孕着陰和陽、光與暗、創造與破壞。在辯證的活動中，她和有創作力的弗林克同居（陽），她也和刺客阿祖攜手（陰）。在故事的結尾，她說要回到弗林克那裏去，人們最後看到她從客廳的光所照亮的地方走入屋外草坪外的陰暗處，再去到那黝黑的行人道上。

她是唯一了解亞本德森的書的人（十五章，頁一八九）；它指給她一條出路：「沒有甚麼可怕的東西，沒有甚麼是需要的、憎厭的、要避開的、要逃離的東西。」（十五章，頁一八七）。當她求教於「易經」時，她的了解得到證實。我們要從「蚱蜢」學些甚麼呢？答案是：內在的眞理，正如田上的卦一樣。甚麼是內在眞理呢？德國和日本戰敗了（十五章，頁一八九），正如亞本德森的書所寫的一樣。戰勝者實際是失敗者。在這裏狄克叫讀者跟着他在反映現實的手法上作一連串的反省。在「高堡」的文字中，納粹打勝了，但在「蚱蜢」的科幻世界中（代表眞理），他們實際失敗了。如果讀者再退一步看，他會了解到在人類的眞實社會裏，美國和她的盟友打勝了仗，所以在狄克的科幻世界裏的內在眞理中，他們失敗了。我們可以設立一個等式，使狄克的小說和現實世界的關係和亞本德森小說和狄克小說中的眞實之間的關係等同起來。戰勝者爲了要繼續打仗來維持上風的需要弄得左支右絀。最後，在這方面的努力使她毀滅。在道德的層面上，由於他要達到勝利而做出的可怖行動，他已經被毀滅了。矛盾地說，勝利者是失敗者。當讀者了解到這個意義時，他在小說所建立的鏡殿中和狄克莫逆於心了。

五、對狄克來說，文學藝術的作用是甚麼呢？根據「三藩市故事」和「科羅拉多故事」相互平行的情況來看，它們和弗林克的銀三角一樣，供給相同的創造性救贖。亞本德森是一個部分裏的藝術家，而弗林克在另一部分也是藝術家。亞本德森的名字——黃昏與太陽——如同銀三角一樣，表示出陰和陽、光和暗，再者，根據故事的結構，科幻小說可當作現代的「易經」，指出將來的路向。朱莉安娜常常依賴「易經」，曾對亞本德森論及他的小說：「你給我指出一條路。」儘管科幻小說正如「高堡」中一個人物所說的是沒有價值的通俗小說，它仍然有令人驚異的力量，引起人的興趣。

田上在「高堡」中解釋過：書籍被精神所充滿，變得活生生的（五章，頁五五）。它們給予那些有見地和能够捕捉那稍縱卽逝的眞理的人一點智慧。田上在「易經」中找到意義，而朱莉安娜則在「蚱蜢」中找到。狄克叫讀者在他書中找尋意義，掌握外在事件和內在眞理的關係。狄克小說的題目包含最好的線索。值得我們注意的是：狄克把一些意見和「高堡」這名字聯繫起來。他說他在選擇這書名時想到了靠近布拉格〔捷克首都〕的一個由於在三十年戰爭〔一六一八至一六四八年〕所扮演的角色，而被波希米亞人尊崇的古堡。他繼續說：

那波希米亞作曲家史梅檀那（Smetana）寫了一篇描寫這古堡的音詩。當新教徒弗雷德里克（Frederick）反抗神聖羅馬帝國皇帝費迪南德（Ferdinand）時，那高堡變成了反對專權的天主教皇室的宗教和政治自由的中心。我用它作為小說書名，作為亞本德森對納粹暴政的反抗的象徵，暗示出納粹統治和三十年戰爭前天主教在歐洲的定於一尊的統治的相似點㊲。

狄克在準備寫這本小說而對第三帝國作研究時，他發現有幾個資料提到納粹城堡制度㊳。他解釋說：

很多以往帝王的城堡被黑衣黨占用來訓練年輕的黑衣黨，使他們成為與眾不同的優秀分子。這就是將來產生統治第三帝國的大智慧人的基礎。他們變得臭名昭彰，因為不但他們被訓練依非人的行為模式行事，並且有傳言說他們像十五世紀法國南部一個教派的徒眾一樣，不是無性慾便是同性戀者。你們可以看到在書中兩個城堡是極端的：一個是傳說中的在三十年戰爭中的新教徒的自由和抗暴的高堡，另一則是黑衣黨優秀青年團的城堡制度㊴。

㊲ 一九七七年十月八日私函。

㊳ 安殊伯特在「第三帝國與邪術」（頁二〇六——二一一）詳細描寫了這個城堡制度。但狄克在寫「高堡」時不可能見到這書，因這書很遲才印行。在一九七七年十一月十八日的信中，狄克曾提及這書。

㊴ 一九七七年十月八日私函。

狄克在結論時指出，在「高堡」中有人說亞本德森住在一個高堡裏，但事實上，「他並不在固執的方式下生活着，而是和常人一樣——有一部三輪車在車房前的路上，表示着一妻一子，同時沒有任何保護。如此，書名就成了反諷，因爲亞本德森不是住在高堡或任何城堡中。」㊵

亞本德森知道世上沒有一個城堡可給人退隱，在眞實世界中並沒有一個抽象的或理想的領域。他既然發現了這道理，狄克就叫讀者也一樣的去發掘它。人是在宇宙中，不是超越它。宇宙是聯繫各事物的存在之網的一部分。

這麼多有關狄克的見解——對內在宇宙的信仰——都是道家的。但狄克進一步提出一個對邪惡性質的修正的見解。他似乎是說，這見解是由現代的爭取物質的世界中的機械技術的發展所衍生的。邪惡是眞實的。根據他的看法，極權主義的精神，輔之以技術和機器，產生了邪惡。它是邪惡，因爲它毀壞眞的人的精神㊶。它和核子彈的破壞方式是不相伯仲的，都是威脅着要毀滅這實質世界。

狄克的看法，雖然是灰暗的，但不是虛無主義的，因爲他信賴一個不是上帝也不是住在高堡中的人，而是一個像蛟蚋的而有些偉大之處，住在塵俗現實中的人。在「高堡」中，這小人物是

㊵ 在十月八日的信內，狄克說：「在某一程度上而言，題目的選擇是由關於海來（Heinlein）用閉路電視來檢察來訪的人的謠言所引發。

㊶ "The Android and the Human," pp. 62-63.

田上。狄克對在世界上田上這類人的行動的意義的評論是非常有見地的。他在一九七〇年給澳洲批評家吉萊斯皮（Bruce Gillespie）的信說：

> 田上在激動和感到窒息的時刻裏，拒絕簽署把一個猶太人從日本當局轉送往德國當局的文件，這樣，他救了一條性命。一條微小的生命給另一條微小的生命拯救了。雖然它只給巨大的衰落過程推後了一點點，但已很足夠了。田上所作的是關係重要的。在意義上，世上沒有甚麼比田上的激動行爲更重要。
>
> 我對我自己的小說只知道一點。在這些書中，小人物屢次的用盡他的匆促的、流汗的力氣……我相信他，我愛他，他一定得勝。此外，沒有甚麼了，最少沒有東西是關乎重要的，值得我們關心的。因爲如果他以父親形象存在的話，一切都沒問題。
>
> 有些評論家在我的作品中找到「悲苦味」，我覺得很詫異，因爲我的情緒是信賴的。可能他們由於給我信賴的人是如此的渺少而感到困擾吧。他們要大一些的，我可告訴他們沒有再大的了，我應說，沒有其他的了。但是，眞的，我們應要有多少呢？一個田上是不是已算足夠呢？他所做的不是已足夠了嗎？我知

它是給算上的，我滿意了㊷。

（陳炳良譯）

（譯者案：譯文中所加的一些簡單的註解，用方括號表示。文中略有刪節。）

㊷ *Electric Shepherd*, p. 45.

中美文學關係中文資料目錄

鄭樹森

胡菊人。「詩僧寒山的復活」，「明報月刊」（香港），第十一期（一九六六年十一月）。

鍾玲。「龐德的正名觀」，見鍾玲，「赤足在草地上」（臺北：志文，一九七〇年），一三一——一四八。

翺翺。「小開與大開——介紹美國女詩人嘉露蓮・凱莎」，見翺翺，「當代美國詩風貌」（臺北：環宇，一九七二年），一三七——一五四。

Jeanne Knoerle，蔡源煌譯：「龐德與中國文學」，「中外文學」，第一卷第七期（一九七二年十二月），一〇四——一一七。

林木。「龐德對儒家思想的傾慕」，「創世紀」，第三十四期（一九七三年九月），一〇四——一〇七。

鄭　臻。「龐德與詩經」，「創世紀」，第三十四期（一九七三年九月），八五——九四。
徐一雲（溫健騮）。「美國現代詩中的東方情調」，「文學與美術」（香港），第一期（一九七六年二月），四二——四三。
黃維樑。「歐立德和中國現代詩學」，見柯慶明編，「中國文學批評年選」（臺北：巨人，一九七六年），二二六——二五〇。
鍾　玲。「寒山詩的流傳」，「明報月刊」，第一三九期（一九七七年七月），二——九。
林耀福。「『山即是心』：論史耐德的詩」，見林耀福「文學與文化」（臺北：源成，一九七七年），二三五——二九七。
邢光祖。「艾略特與中國」，見「邢光祖文藝論集」（臺北：大漢，一九七七年），三二五——三六一。
鄭樹森。「『荒原』與中國文字的方法」，「文學」雙月刊（香港），第二期（一九七八年），三三五——三三七。
王潤華。「從新潮的內涵看中國新詩革命的起源」，見王潤華「中西文學關係研究」（臺北：東大，一九七八年），二二七——二四五。
鍾　玲。「熱愛中國文化的王紅公（Kenneth Rexroth）」，「明報月刊」，第十三卷第五期（一九七八年五月），二七——二八。
夏安民。「尤金・奧尼爾的道家哲學觀」，「中外文學」，第七卷第七期（一九七八年十二月），一〇四——一二三。

鍾　玲。「王紅公英詩裏的中國風味」，見鄭樹森等編，「中西比較文學論集」（臺北：時報，一九八〇年二月），一〇三——一三三。

翺　翺。「嘉露蓮・凱莎的『中國擬古』」，見鄭樹森等編，「中西比較文學論集」（臺北：時報，一九八〇年二月），九一——一〇二。

（按：本目錄所收僅限臺港兩地中文著作）

滄海叢刊已刊行書目(七)

書名	作者	類別
色彩基礎	何耀宗	美術
水彩技巧與創作	劉其偉	美術
繪畫隨筆	陳景容	美術
素描的技法	陳景容	美術
人體工學與安全	劉其偉	美術
立體造形基本設計	張長傑	美術
工藝材料	李鈞棫	美術
石膏工藝	李鈞棫	美術
裝飾工藝	張長傑	美術
都市計劃概論	王紀鯤	建築
建築設計方法	陳政雄	建築
建築基本畫	陳榮美 楊麗黛	建築
中國的建築藝術	張紹載	建築
室內環境設計	李琬琬	建築
現代工藝概論	張長傑	雕刻
藤竹工	張長傑	雕刻
戲劇藝術之發展及其原理	趙如琳	戲劇
戲劇編寫法	方寸	戲劇

滄海叢刊已刊行書目㈥

書名	作者	類別
記號詩學	古添洪	比較文學
中美文學因緣	鄭樹森編	比較文學
韓非子析論	謝雲飛	中國文學
陶淵明評論	李辰冬	中國文學
中國文學論叢	錢穆	中國文學
文學新論	李辰冬	中國文學
分析文學	陳啓佑	中國文學
離騷九歌九章淺釋	繆天華	中國文學
苕華詞與人間詞話述評	王宗樂	中國文學
杜甫作品繫年	李辰冬	中國文學
元曲六大家	應裕康 王忠林	中國文學
詩經研讀指導	裴普賢	中國文學
迦陵談詩二集	葉嘉瑩	中國文學
莊子及其文學	黃錦鋐	中國文學
歐陽修詩本義研究	裴普賢	中國文學
清真詞研究	王支洪	中國文學
宋儒風範	董金裕	中國文學
紅樓夢的文學價值	羅盤	中國文學
中國文學鑑賞舉隅	黃慶萱 許家鸞	中國文學
牛李黨爭與唐代文學	傅錫壬	中國文學
浮士德研究	李辰冬譯	西洋文學
蘇忍尼辛選集	劉安雲譯	西洋文學
文學欣賞的靈魂	劉述先	西洋文學
西洋兒童文學史	葉詠琍	西洋文學
現代藝術哲學	孫旗譯	藝術
音樂人生	黃友棣	音樂
音樂與我	趙琴	音樂
音樂伴我遊	趙琴	音樂
爐邊閒話	李抱忱	音樂
琴臺碎語	黃友棣	音樂
音樂隨筆	趙琴	音樂
樂林蓽露	黃友棣	音樂
樂谷鳴泉	黃友棣	音樂
樂韻飄香	黃友棣	音樂

滄海叢刊已刊行書目(五)

書名	作者	類別
青囊夜燈	許振江	文學
我永遠年輕	唐文標	文學
思想起	陌上塵	文學
心酸記	李喬	文學
離訣	林蒼鬱	文學
孤獨園	林蒼鬱	文學
托塔少年	林文欽編	文學
北美情逅	卜貴美	文學
女兵自傳	謝冰瑩	文學
抗戰日記	謝冰瑩	文學
我在日本	謝冰瑩	文學
給青年朋友的信(上)(下)	謝冰瑩	文學
孤寂中的廻響	洛夫	文學
火天使	趙衛民	文學
無塵的鏡子	張默	文學
大漢心聲	張起鈞	文學
回首叫雲飛起	羊令野	文學
康莊有待	向陽	文學
情愛與文學	周伯乃	文學
文學邊緣	周玉山	文學
大陸文藝新探	周玉山	文學
累廬聲氣集	姜超嶽	文學
實用文纂	姜超嶽	文學
林下生涯	姜超嶽	文學
材與不材之間	王邦雄	文學
人生小語	何秀煌	文學
印度文學歷代名著選(上)(下)	糜文開	文學
寒山子研究	陳慧劍	文學
孟學的現代意義	王支洪	文學
比較詩學	葉維廉	比較文學
結構主義與中國文學	周英雄	比較文學
主題學研究論文集	陳鵬翔主編	比較文學
中國小說比較研究	侯健	比較文學
現象學與文學批評	鄭樹森編	比較文學

滄海叢刊已刊行書目 (四)

書名	作者	類別
知識之劍	陳鼎環	文學
野草詞	韋瀚章	文學
現代散文欣賞	鄭明娳	文學
現代文學評論	亞菁	文學
當代台灣作家論	何欣	文學
藍天白雲集	梁容若	文學
思齊集	鄭彥棻	文學
寫作是藝術	張秀亞	文學
孟武自選文集	薩孟武	文學
歷史圈外	朱桂	文學
小說創作論	羅盤	文學
往日旋律	幼柏	文學
現實的探索	陳銘磻編	文學
金排附	鍾延豪	文學
放鷹	吳錦發	文學
黃巢殺人八百萬	宋澤萊	文學
燈下燈	蕭蕭	文學
陽關千唱	陳煌	文學
種籽	向陽	文學
泥土的香味	彭瑞金	文學
無緣廟	陳艷秋	文學
鄉事	林清玄	文學
余忠雄的春天	鍾鐵民	文學
卡薩爾斯之琴	葉石濤	文學
青囊夜燈	許振江	文學
我永遠年輕	唐文標	文學
思想起	陌上塵	文學
心酸記	李喬	文學
離訣	林蒼鬱	文學
孤獨園	林蒼鬱	文學
托塔少年	林文欽編	文學
北美情逅	卜貴美	文學
女兵自傳	謝冰瑩	文學
抗戰日記	謝冰瑩	文學
給青年朋友的信(上)(下)	謝冰瑩	文學

滄海叢刊已刊行書目(三)

書名	作者	類別
憲法論叢	鄭彥棻	法律
師友風義	鄭彥棻	歷史
黃帝	錢穆	歷史
歷史與人物	吳相湘	歷史
歷史與文化論叢	錢穆	歷史
中國人的故事	夏雨人	歷史
老台灣	陳冠學	歷史
古史地理論叢	錢穆	歷史
我這半生	毛振翔	歷史
弘一大師傳	陳慧劍	傳記
蘇曼殊大師新傳	劉心皇	傳記
孤兒心影錄	張國柱	傳記
精忠岳飛傳	李安	傳記
師友雜憶 八十憶雙親 合刊	錢穆	傳記
中國歷史精神	錢穆	史學
國史新論	錢穆	史學
與西方史家論中國史學	杜維運	史學
清代史學與史家	杜維運	史學
中國文字學	潘重規	語言
中國聲韻學	潘重規 陳紹棠	語言
文學與音律	謝雲飛	語言
還鄉夢的幻滅	賴景瑚	文學
葫蘆・再見	鄭明娳	文學
大地之歌	大地詩社	文學
青春	葉蟬貞	文學
比較文學的墾拓在臺灣	古添洪 陳慧樺	文學
從比較神話到文學	古添洪 陳慧樺	文學
牧場的情思	張媛媛	文學
萍踪憶語	賴景瑚	文學
讀書與生活	琦君	文學
中西文學關係研究	王潤華	文學
文開隨筆	糜文開	文學

滄海叢刊已刊行書目(二)

書名	作者	類別
知識、理性與生命	孫寶琛	中國哲學
逍遙的莊子	吳怡	中國哲學
中國哲學的生命和方法	吳怡	中國哲學
希臘哲學趣談	鄔昆如	西洋哲學
中世哲學趣談	鄔昆如	西洋哲學
近代哲學趣談	鄔昆如	西洋哲學
現代哲學趣談	鄔昆如	西洋哲學
佛學研究	周中一	佛學
佛學論著	周中一	佛學
禪話	周中一	佛學
天人之際	李杏邨	佛學
公案禪語	吳怡	佛學
佛教思想新論	楊惠南	佛學
禪學講話	芝峯法師譯	佛學
當代佛門人物	陳慧劍	佛學
不疑不懼	王洪鈞	教育
文化與教育	錢穆	教育
教育叢談	上官業佑	教育
印度文化十八篇	糜文開	社會
清代科舉	劉兆璸	社會
世界局勢與中國文化	錢穆	社會
國家論	薩孟武譯	社會
紅樓夢與中國舊家庭	薩孟武	社會
社會學與中國研究	蔡文輝	社會
我國社會的變遷與發展	朱岑樓主編	社會
開放的多元社會	楊國樞	社會
社會、文化和知識份子	葉啓政	社會
財經文存	王作榮	經濟
財經時論	楊道淮	經濟
中國歷代政治得失	錢穆	政治
周禮的政治思想	周世輔 周文湘	政治
儒家政論衍義	薩孟武	政治
先秦政治思想史	梁啓超原著 賈馥茗標點	政治
憲法論集	林紀東	法律

滄海叢刊已刊行書目(一)

書名	作者	類別
中國學術思想史論叢(一)(二)(三)(四)(五)(六)(七)(八)	錢穆	國學
國父道德言論類輯	陳立夫	國父遺教
兩漢經學今古文平議	錢穆	國學
先秦諸子論叢	唐端正	國學
先秦諸子論叢(續篇)	唐端正	國學
儒學傳統與文化創新	黃俊傑	國學
宋代理學三書隨劄	錢穆	國學
湖上閒思錄	錢穆	哲學
人生十論	錢穆	哲學
中國百位哲學家	黎建球	哲學
西洋百位哲學家	鄔昆如	哲學
比較哲學與文化(一)(二)	吳森	哲學
文化哲學講錄(一)(二)(三)	鄔昆如	哲學
哲學淺論	張康	哲學
哲學十大問題	鄔昆如	哲學
哲學智慧的尋求	何秀煌	哲學
哲學的智慧與歷史的聰明	何秀煌	哲學
內心悅樂之源泉	吳經熊	哲學
愛的哲學	蘇昌美	哲學
是與非	張身華譯	哲學
語言哲學	劉福增	哲學
邏輯與設基法	劉福增	哲學
中國管理哲學	曾仕强	哲學
老子的哲學	王邦雄	中國哲學
孔學漫談	余家菊	中國哲學
中庸誠的哲學	吳怡	中國哲學
哲學演講錄	吳怡	中國哲學
墨家的哲學方法	鐘友聯	中國哲學
韓非子的哲學	王邦雄	中國哲學
墨家哲學	蔡仁厚	中國哲學